Le Coulonneux

Simone Chaput

Le Coulonneux

roman

Les Éditions du Blé

Les Éditions du Blé remercient
le Conseil des Arts du Canada et
le Conseil des Arts du Manitoba
pour l'appui financier apporté
à la publication de cet ouvrage.

L'auteur remercie le Conseil des Arts du Manitoba de son appui.

Du même auteur chez le même éditeur :
LA VIGNE AMÈRE
roman, 1989
UN PIANO DANS LE NOIR
roman, 1991

Direction graphique : Bernard Léveillé

Couverture : Georges Braque, *l'Oiseau et son nid*, 1955

Photo de l'auteur : Hubert Pantel

Citations
STEVENS, Wallace, 1923 et 1951. *The Collected Poems of Wallace Stevens*, New York, Alfred A. Knopf, Inc.

PAZ, Octavio, 1979. *Le feu de chaque jour*, Paris (1986), Éditions Gallimard

SMITH, Bessie, 1925. *Reckless Blues* (chanson), Frank Music Corp.

GRAINGER, Porter et ROBBINS, Everett, 1922. *T'ain't Nobody's Bizness If I Do* (chanson), New York, MCA Inc.

SMITH, Bessie, 1927. *Young Woman's Blues* (chanson), Frank Music Corp.

CAUVIN, Gaston, 1945. *L'homme clair*, Avignon, Edouard Aubanel éditeur.

Les Éditions du Blé
C.P. 31, Saint-Boniface (Manitoba) R2H 3B4

Données de catalogage avant publication (Canada)

Chaput, Simone, 1954
    Le Coulonneux

    ISBN 2-921347-47-4
I. Titre.

PS8555.H39827C68   1998   C843'.54   C98-920109-0
PQ3919.2.C5236C68   1998

pour mes filles,
Anna et Alix

Gabriel

Chapitre I

And in the isolation of the sky,
At evening, casual flocks of pigeons make
Ambiguous undulations as they sink,
Downward to darkness, on extended wings.
Wallace Stevens

Depuis quelque temps, Gabriel voyait partout le visage de Camille : la fine broussaille de ses cheveux, ses yeux semés d'or, sa peau, sur ses os d'oiseau, polie comme une porcelaine. La petite figure le poursuivait, elle s'interposait entre lui et Maliyel, lui et la mer, lui et la feuille blanche. Il la bannissait d'une main agacée, comme on cherche à chasser une mouche, il détournait la tête, fermait les yeux, mais le visage insistait. L'expression de Maliyel le lui rappelait quand, la nuit, sur la plage devant l'hôtel, elle se perdait tout entière dans la contemplation des lumières miroitantes des bateaux amarrés, loin, là-bas, en pleine mer. La mer : cette plaine d'eau, prairie sillonnée au passage du vent, survolée de goélands, de frégates et de sternes fluettes comme des hirondelles, évoquait dans son esprit un autre champ, et d'autres ailes aussi. Et dans les pages blanches de son cahier apparaissaient comme par enchantement des mots dont il avait perdu l'usage il y avait de cela déjà longtemps.

Il avait rêvé, lui, l'homme du Nord, d'un perpétuel été. Avait mis sept ans à se tracer une route depuis les neiges jusqu'au désert. Avait vidé ses yeux d'images blanches, sa tête d'accents aigus, s'était employé à se transmuer, corps, âme, et peau frileuse. Au bout de la route, il y avait eu Maliyel.

C'était sur ses lèvres qu'il avait entendu pour la première fois le nom d'Octavio Paz. Assis devant la mer dans l'ombre rose d'un bougainvillier, il aiguisait son crayon à l'aide d'un canif lorsqu'il l'avait aperçue au bord de l'eau. Ils s'étaient rencontrés une nuit, avaient partagé une cigarette. C'était d'elle qu'il avait appris le mot espagnol pour *aube*.

« Ici, lui avait-elle dit, tu perds ton temps. C'est à Veracruz qu'il faut aller.»

Il irait à Veracruz, il le lui avait promis. Il y irait bien. Mais pour l'instant, c'était le mot - *madrugada* - qu'il lui fallait. Pour l'instant, le mot seul lui suffirait.

Lorsqu'elle l'avait vu, quelques jours plus tard, noircissant de son crayon des petits bouts de papier blanc, elle s'était arrêtée près de lui un moment et, les pieds enfouis dans le sable, avait récité trois vers de Paz :

sobre la hoja de papel
el poema se hace
como el dia
sobre la palma del espacio...

Il l'avait suivie à Veracruz, à la mer turquoise des Caraïbes, à la jungle du Yucatán. Cette femme, dont la peau respirait la tiède chaleur de la terre rouge, dont les yeux attendaient comme des pièges tendus dans les forêts du désir, cette femme l'avait habité. Et la mer, elle, l'avait ensorcelé. Par son immensité, tout simplement, son inconstance, son indulgence périlleuse : la rage de ses profondeurs sous le sourire calme de sa peau. Elle avait remué en lui d'anciennes nostalgies... Cette femme, cette mer, Gabriel les avait habillées de mots nouveaux. Ceux qu'il avait saisis au passage, ceux dont l'étrangeté et la merveilleuse dissemblance n'avaient cessé de le narguer. Dans sa hâte d'acquérir et de posséder les mots des autres, il remarqua à peine qu'il avait, en même temps, égaré les siens. Sans regrets, avait-il cru. Ils auraient été la brèche dans la muraille qu'il avait dressée entre lui et le monde qu'il avait fui.

À dix-sept ans, il avait emprunté la bagnole rapiécée de son grand frère et, un matin du mois de février, écoeuré du froid et du goût fade de tous ses lendemains, il avait pris la route. Ni le professeur, ni les élèves n'avaient été étonnés de constater son absence; Gabriel s'était présenté si peu souvent aux cours, fouinant plutôt près de la rivière, chipant des cigarettes, fignolant les vieux chars en compagnie de ses aînés... Il avait mis le cap sur le sud, travaillant au hasard des saisons, trouvant gîte et couvert au hasard de la route. Ici et là, il s'était attardé, retenu parfois par des jeunes filles qui, séduites par ce vagabond rebelle, sa Chevrolet, sa Player's Plain, l'avaient supplié de les emmener avec lui. Se méfiant du piège de leur jeune âge, il les avait laissées en plan, ces petites collégiennes, avec leurs rêves gitans et leurs héros mythiques, n'emportant avec les effluves de leur parfum que la forme de leurs mots. Ces mots - si durs, si rudes, si gratuitement autres - qu'il s'était entêté à apprivoiser et à ravir.

Mais maintenant, tout était perturbé à cause de ce visage d'enfant. Maliyel l'interrogeait du regard lorsque, penché sur elle pour l'embrasser, il se cabrait tout à coup, comme repoussé par une main sévère sur son front. Le littoral de la mer lui semblait soudain investi de chênes et d'ormeaux et, parmi les conques et les coraux, ses eaux recelaient des perchots, des dorés et des poissons chats. Dans ses cahiers, Gabriel retrouvait, transcrits par une main fantôme, tous les verbes qu'enfant, il utilisait pour décrire le vol de l'oiseau.

À la première apparition, Gabriel n'avait pas résisté. Entre deux cigarettes, dans la fumée bleue du bar où il attendait son heure derrière le zinc, le pâle visage avait ondoyé un instant devant ses yeux. La petite est morte, avait-il pensé, noyée, sûrement, dans des flots de blé d'or, dans des vagues et des vagues de plumes de colombe. Elle vient de mourir et, par le truchement curieux des souvenirs, dans un superbe fourvoiement du temps et de l'espace, c'est sur moi, Gabriel, d'ailleurs et d'aujourd'hui, que se rabattent ses adieux. Appelé alors par le monde mitoyen des revenants, il s'était laissé glisser vers les noires profondeurs qu'arpentent les mal-aimés. L'autre enfer, celui de n'appartenir ni à rien, ni à personne. De ceux qui tentent une ultime fois de s'imposer comme présence, d'éveiller, avant le départ définitif, un ultime souvenir.

Mais la petite n'était certes pas morte oubliée des siens; si leur mémoire faisait défaut, leurs sens eux l'avaient gardée entière : sa tête parfumée de l'odeur chaude des hautes herbes de l'été, de la terre humide de la berge, de la boue grasse de la rivière qui glissait sous les ormeaux; son petit corps doré de soleil; ses doigts au goût d'eau grise, au goût de roseaux et de racines. Et sa jupe chiffonnée, défense dérisoire contre la morsure de l'herbe drue, ses genoux toujours meurtris, ses pieds nus, vifs et sûrs, sur la face du sol piégé... Gabriel l'avait plainte d'être morte. Un instant plus tard, parce que Jaime lui faisait signe - sa gueule jaune et grêlé comme la peau des citrons qu'il empilait dans des soucoupes derrière le comptoir du bar - il l'avait chassée d'un battement de paupières.

Convaincu qu'il n'avait rien à craindre de ce côté, à l'épreuve, croyait-il, des incursions du souvenir, il avait pris cette curieuse manifestation à la légère. Ne s'était-il pas appliqué à prendre vis-à-vis des lointains jours de son enfance les meilleures dispositions possibles, les plus solides résolutions? Ayant franchi deux bonnes frontières, ayant établi entre lui et le passé un immense pays dont la superbe étanchéité faisait encore sa joie, ayant acquis aussi des mots, plein de mots - deux nouvelles versions du monde - il se croyait à l'abri de toutes les frayeurs que pouvait éveiller cette enfant aux cheveux d'or.

Pourtant, il hésita; ne voulut pas d'emblée lui faire la place qu'elle revendiquait, la laisser s'installer chez lui comme l'odeur du pain occupe une pièce, ou la pluie pénètre dans un jardin. Il s'employa encore un temps à l'écarter de ses pensées, à ne lui céder que le seuil de sa maison.

Mais la petite était décidée. Elle le voulait, Gabriel, et ni Maliyel, ni la mer, ni les mots, n'étaient refuge assez pour le dérober à sa volonté. À la fin, il dut s'y soumettre.

D'abord son nom lui était venu, comme ça, une nuit transie d'humidité, alors qu'il portait à ses lèvres un verre givré de sel : Camille Collard, petite-fille de Léopold, petite soeur d'Amandine, qui n'avait pour toute demeure qu'un colombier près de la rivière. Il l'avait vue si souvent, dansant parmi les herbes folles du terrain vague, l'avait surprise à ses jeux, à ses cabrioles, et avait échangé avec elle des regards de connivence sans jamais, pour autant, lui adresser une seule parole. En fait, c'était Amandine qu'il avait mieux connue, celle qui, comme lui, hantait les fonds de salle et les couloirs de son école sombre, qui traînait tard, la nuit, dans les rues de la ville. Elle avait des amis dans tous les quartiers, des filles aux yeux cernés d'ombre et de rimmel, aux lèvres fardées de blanc, des garçons en bottes de cuir, et aux cheveux lacqués... Amandine ne parlait que de partir. Elle étouffait là, dans cette vieille baraque, dans ce pigeonnier, avec pour soeur, une petite sauvage, et pour père, un aïeul dément. La classe et les études barbantes, les soeurs qui sévissaient, l'absence absolue d'échappatoire, de promesse d'issue... Amandine voulait chanter. Se sentait interpellée par la Nouvelle-Orléans, par Memphis : elle voulait y aller vivre les blues américains. À la maison, Léopold faisait jouer les disques de Jules Wattreuw; Amandine, elle, écoutait Billie Holiday et Bessie Smith. Et rêvait, un jour, d'être noire.

Plus tard, lorsqu'il l'aurait quittée, Maliyel ne se rappellerait peut-être plus la rosette qui retroussait le sourcil gauche de Gabriel, ni l'angle curieux de son pouce, mais, longtemps, longtemps, elle ne pourrait perdre le souvenir des yeux du garçon, ses yeux d'hiver : hantés comme la neige, traqués, comme elle, par la volonté d'ensevelir. Et Maliyel se moquait tendrement de lui, son petit *escritor*, descendu jusqu'à elle de son blanc pays, et le grondait pour sa hâte, et pour ses errances inquiètes et perpétuelles. Il s'éloignait sans cesse, comme un enfant étourdi ou une bête mal apprivoisée et, debout devant la mer, il se tordait les mains d'impuissance. Il n'était plus satisfait d'aimer Maliyel, les jours de repos, leurs corps bruns enlacés dans la mer. Pas satisfait non plus de s'allonger dans le hamac sous le coup de midi, de se promener à la limite de l'eau au crépuscule, de se glisser dans le velours du noir quand se hissait la lune. Sautant dans la Chevrolet, il suivait les routes qui rapetissaient et se perdaient dans la jungle ou dans l'immensité du ciel au sommet des falaises. Revenait de ces fugues, ivre parfois, et toujours malheureux. Maliyel se préparait à le voir partir. Elle croyait que c'était d'elle qu'il voulait s'échapper.

L'enfant rit. Sa jupe collée à ses cuisses, battant comme un fanion dans son dos, son coeur cognant fort, fort sous la cage de ses côtes, Camille court avec toute la force de ses petites jambes jusqu'à la rivière où elle s'écrase par terre dans les herbes humides de la berge. Elle a aperçu Léopold qui, monté au grenier, ouvre les lucarnes. L'enfant, livrée aux griffes du chiendent, soulevée de terre par son souffle saccadé, ferme les yeux contre le soleil qui l'aveugle. Elle essaie d'avaler son souffle, de faire taire son coeur, afin que rien n'entame ni l'espace ni le silence du ciel qui attend. Car bientôt les oiseaux de son grand-père s'élèveront au-dessus de cette berge et de cette rivière et dessineront pour elle sur la face du ciel des cercles envoûtants.

Elle ne respire plus, car les pigeons s'élancent. Camille suit les flèches irisées dans la trajectoire de leur envolée, elle trace du regard la courbe fluide de leurs volutes, la vague de vent qu'elles fendent à coups de battements d'ailes.

Quand, plus tard, au coup de sifflet du Père Collard, le dernier pigeon repliera ses ailes et plongera vers le colombier où il s'engouffrera pour y retrouver les siens, la petite se relèvera de sa couche dans l'herbe, jettera la tête en arrière, étendra les bras comme pour embrasser le monde. Lentement, d'abord, et puis de plus en plus vite, elle tracera sur la terre le périple des oiseaux; s'imaginant oiseau, elle courra en décrivant des cercles et les herbes écartées se pencheront dans son sillon comme au passage du vent. Elle s'étourdira, elle se grisera de ciel, le monde tournoiera au bout de ses doigts, au bout de ses ailes et basculera, chavirera, s'anéantira.

Gabriel, qui la regarde s'inventer ainsi un ciel, se sent soudain gagné par l'émotion. Celle que la vue des oiseaux tournoyants n'avait pu susciter, celle qui lui serre maintenant la gorge devant cette enfant livrée au vent.

Il a tout vu : Léopold Collard, les pigeons bleus, les champs d'herbes folles, Camille. Il a vu aussi, plus loin, près de l'eau grise de la rivière, ce jeune garçon qui les observe. D'une chiquenaude, il envoie son mégot dans le plus fort du courant, se peigne les cheveux d'un coup de doigts, et reprend le chemin de la maison. Gabriel le suit encore des yeux, jusqu'au pas de sa porte. Mais là, il s'arrête, fait un mouvement pour s'enfuir, détalerait si ce n'était la petite main enfouie dans la sienne qui le retient. Les yeux dans le vague, le coeur décroché, Gabriel se laisse alors entraîner, à la suite de l'autre, jusque dans la maison : Camille, de force, le fait rentrer chez lui.

C'était le corps des autres qui le repoussait. Leur odeur, leur pilosité, leurs rondeurs flasques. Les bruits aussi, leurs bruits, leur présence animale, leur absurde suffisance. Lui-même pratiquait le silence, l'effacement. Voulait se résorber jusque dans l'os, se dépouiller de l'excès de chair. Déjà, il lui semblait qu'il était de trop; que sa carrure, pourtant si peu imposante, s'arrogeait un surplus de place. Que dire alors des épaules exagérées de ses frères, du noeud des muscles qui jouaient sous leur peau, de la pomme fébrile et obscène qui leur sautait dans la gorge, de leurs mains trapues, ces pelles, ces bêches, énormes dans leurs assiettes. Que dire aussi de la taille épaisse de ses soeurs, de leurs seins insolents, de leurs hanches rondes, trop visibles, dans le fourreau de leurs jupes. Dans les pièces de la maison surchargée de songes, la nuit tremblait sous l'assaut de leur souffle, de leurs soupirs, du grincement de leurs dents. Gabriel, gisant comme un cadavre entre les corps avachis de ses frères, écoutait le trop-plein de leur vie : le pouls de leurs veines, le gargouillis de leurs entrailles. Au toucher de leur peau moite de transpiration, il se repliait en lui-même pour éviter d'effleurer de son pied glacé leurs mollets gras et leurs cuisses mollasses.

À la table, il évitait de regarder les bouches. Toutes pareilles les unes aux autres, leur disait-on; les Tardiff se reconnaissaient à la coupe de leur bouche. Lèvres charnues, un peu de travers, ce n'est qu'au repos qu'elles perdaient leur grimace. S'ouvrant, se refermant sur des mots et sur des bouts de pain, ces bouches déviées prenaient l'air sévère de celles qui profèrent des menaces, qui mangent pour se venger.

Et il lui semblait que tout, sur la table, suppurait la graisse. Les grosses mains rouges de sa mère enduisaient de beurre tout ce qu'elles touchaient : la salière, la coutellerie, les verres ébréchés. Le dessus de la table était épais de gras, les lavettes ne servaient qu'à tracer des arabesques et des spirales sur sa face reluisante. Les miettes de pain y restaient collées, l'empreinte des coudes ne s'y effaçaient pas, et les devoirs, le soir, n'y passaient pas indemnes leur petit quart d'heure. Le lendemain, la

maîtresse ne manquait pas de décrier les taches huileuses
dans lesquelles se noyaient des mots entiers, où
s'abîmaient des rangées d'additions... Gabriel ne
s'attardait pas après les repas, trouvait toujours prétexte
à sortir vite de table. La vue des décombres du repas figées
dans le gras lui mettait le coeur en boule.

La chair humaine ne perdrait jamais, pour lui, son
odeur de graisse. Toujours, après, lorsque trop de corps
s'assemblaient dans une pièce, devenaient envahissants,
lorsque le relent des mains, des pieds, des cheveux sales
arrivait jusqu'à lui, Gabriel se sauvait, l'estomac à l'envers,
les narines pleines de l'odeur du graillon. Il ne supportait
pas la foule - c'était la famille Tardiff proliférée - évitait la
messe, les foires, les places publiques. Ne se sentait respirer
que parmi les arbres ou, seul, dans les champs.

Il s'était mis à rêver d'une vie d'ermite; lui et peut-
être un chien, mince et muet, au milieu de la forêt.
Quelques pièges, une canne à pêche, un poêle à bois, des
jours remplis de l'odeur des pins, des poissons et du poil
des bêtes. Ou d'une existence vagabonde, sur les routes
du monde, loin des traces battues et de l'usure humaine.

C'est la faim qui l'avait obligé à faire escale. Une faim
sur laquelle il s'était d'abord mépris. Une sorte de vertige
l'avait saisi à l'approche des montagnes, un étourdisse-
ment qu'il avait imputé aussitôt au monde vertical contre
lequel il venait se heurter. Rejetant la tête sur les épaules,
il avait braqué son oeil toupinant sur le cirque de sommets
qui lui bouchaient le ciel et, sans crier gare, avait croulé,
doucement, sur le pavé. Avant de sombrer dans l'abysse,
il avait pu constater la rugosité du béton contre la peau de
sa joue et, dans le caniveau, à portée de sa main, la présence
d'un second corps inerte. Un immigré comme lui, songea-
t-il, passereau mort peut-être du mal du pays.

Il avait repris connaissance devant la flamme jaune d'une grande cheminée. Ses yeux secs lancinaient, et un tonnerre sourd bourdonnait dans sa tête. Il s'était soulevé sur un coude pourtant, et avait fait le tour de la pièce d'un oeil livide. Un bon passant l'avait extirpé de la *sloche* et des semelles des piétons et l'avait couché sur la banquette d'un café-restaurant. C'était celui-ci même qui, en ce moment, de sa place en face du garçon, le dévisageait d'un air amusé. Gabriel, la tête entre les mains, avait fait un effort pour s'asseoir bien droit. Il avait ouvert douloureusement les deux yeux, avait laissé promener son regard en direction de l'autre : jeune homme superbe dans le cellophane de son costume de ski et la coquille bronzée de sa peau, mangeant des pommes frites d'un air dédaigneux, ses lunettes noires perchées sur sa blonde toison comme les bois d'un massacre élégant. Il avait tout de suite compris que Gabriel crevait de faim et qu'il était complètement fauché. Il lui avait payé son repas puis l'avait guidé d'une main ferme sur l'épaule parmi les skieurs descendus des pentes qui, à cette heure de la journée, envahissaient les rues de la vallée. Gabriel avait cligné des yeux devant ces teints hâlés en plein hiver, devant tant de jeune monde qui, de toute évidence, villégiaturait en bonne conscience... Comment avaient-ils fait, s'était-il demandé, pour oublier les pieds bleus de leurs pères ouvriers, leurs ongles noircis et fendus par le gel, les sillons qu'avaient creusés les larmes de glace dans leurs joues blafardes? Comment avoir perdu le souvenir, dans ces jardins d'hiver, des doigts gercés de leurs mères sur les draps raides de leurs cordes grinçantes? Comment célébrer ici la messe blanche de la poudreuse quand là-bas, ailleurs, on récitait sans cesse le chapelet froid de l'indigence?... Il avait alors compris que sa Chevrolet n'avait roulé ni assez vite, encore, ni assez loin.

Le skieur avait emmené Gabriel chez un de ses copains : un hôtelier peu scrupuleux en mal de plongeurs qui, se moquant bien des papiers de travail à ce temps fort de l'année, l'avait embauché sur le champ. Il avait été immédiatement affecté aux éviers, où l'attendaient une pile invraisemblable de vaisselle et une vue imprenable de la montagne. Jour après jour, pendant que ses mains s'immolaient dans l'écume des bains cuisants, que ses doigts traçaient de coups d'éponge les mêmes gestes d'abruti et que ses épaules fléchissaient sous le poids des heures sur sa nuque, il s'envolait là-haut, dans l'éternelle blanche, et descendait les flancs de montagne d'un mouvement gracieux de ses hanches, et contournait les dunes d'une souple inclinaison du torse. Parfois il s'arrêtait aussi, quand le soleil était à son zénith, s'allongeait dans la neige avec ces autres, ahuris eux aussi de tant de lumière, et se laissait dorer par le feu blanc de midi. Il ne s'étonnait plus, lui, l'enfant des surfaces planes, des plaines étales et des prairies, de se savoir si près du ciel sans s'être garni d'ailes, ni avoir rendu l'âme.

Quand le soleil tombait comme une pierre derrière la crête des montagnes et la vallée s'inondait d'ombres bleues, Gabriel tournait alors son attention vers le monde bavard qui évoluait derrière son dos, afin de voir si, pour une fois, un bout de sens affleurerait. Elle coulait sur lui comme une eau, cette langue élidée, escamotée, et dans sa paresse et dans sa langueur, lui demeurait impénétrable. Trois jeunes Américains travaillaient avec lui dans la cuisine; Gabriel ne comprenait rien à leur argot et à leurs accents mêlés. Eux l'appelaient «Frenchie», se moquaient de son anglais barbare et Gloria, la blonde allumeuse du Texas, lui frôlait le bras de son sein droit chaque fois qu'elle se penchait vers lui pour remplir sa cuvette d'eau fraîche.

Dans ses rêves, en boule sur le siège arrière de la Chevrolet, sous les couvertures de laine qui sentaient encore les placards de sa mère, Gabriel confondait chairs, mousses et langues fluettes, et tout, pour lui, s'imprégnait du parfum des femmes. Le nom Gloria était une course folle dans ses veines. Dans la voix traînante de l'Américaine, dans les interstices de silence qui ponctuaient ses phrases, il aurait pu se vautrer comme au creux d'un lit mou. S'il se tournait un moment sans retirer les bras de l'eau, il pouvait juste apercevoir, un peu à gauche par-dessus son épaule, les mollets fermes de la femme, fendus par la raie noire de ses bas et, lorsqu'elle se penchait sur sa table à l'autre bout de la cuisine, il pouvait deviner l'enflure tendre de ses cuisses. Il avait vu, une fois qu'elle était venue rincer ses légumes sous le robinet, des perles de chaleur dans le duvet de son décolleté. Gloria avait attendu qu'il lève les yeux vers son visage pour lui faire la moue et lui envoyer un baiser moqueur du bout des lèvres. Ce jour-là, l'étuve de la cuisine lui avait paru insupportable; il avait travaillé le front contre la vitre froide de la fenêtre, le regard noyé dans le blanc des champs de neige.

Tard le soir, lorsqu'il sortait des éviers ses mains plissées, c'était la petite Patti qu'il raccompagnait jusque chez elle, qu'il prenait par la main, qu'il embrassait sur la joue bien chastement en lui souhaitant bonne nuit. Elle avait les épaules sèches et osseuses et ses seins minuscules étaient à peine visibles sous son corsage étroit. Une enfant : pas mieux; lui qui rêvait d'une femme.

Il s'était enfin trouvé un deux-pièces cuisine dans une ancienne maison loin de la zone hôtelière. À l'auberge, on l'avait promu au rang de garçon de restaurant. À force d'accumuler les pourboires, il avait pu quitter la Chevrolet et dormir enfin dans un vrai lit. Les jours de congé, il pouvait se permettre aussi un peu de ski, et un grog chaud dans un chalet au pied des pentes. La plage l'appelait toujours; il gardait en permanence devant les yeux l'image d'une grève blanche qui tranche sur la verdure plantureuse de la jungle et le bleu trouble d'un ciel renversé. Mais il savait qu'il pouvait, sans risquer le rêve, remettre à plus tard sa descente vers l'été.

Il allait seul dans la montagne, rentrait seul à l'appartement, passait seul les heures qui lui restaient entre le travail et le sommeil. Le silence et la solitude lui plaisaient tant qu'il ne cherchait la compagnie des autres que par acquit de conscience : lorsque deux ou trois semaines s'étaient écoulées sans qu'il eût échangé un mot avec quiconque, il se disait que ce n'était pas normal, que les autres commenceraient à se poser des questions sur son compte. Il s'obligeait donc à parler à Patti, à lui donner rendez-vous au restaurant du coin, à lui prendre la main et se promener avec elle dans les rues du village. Chaque fois, même avec la timide Patti, Gabriel se sentait mal à l'aise. Ses bras, lui semblait-il, étaient trop longs, ses poignets blancs et ses mains gercées pendaient comme des appendices grotesques à ses côtés. L'expression de son visage était figée, affectée; ses propos, d'une aberrante banalité. Il pliait son maigre cou, penchait la tête vers le visage de la jeune fille, l'écoutait lui raconter l'histoire de sa vie. Mais il ne répondait pas lorsqu'elle levait vers lui des yeux interrogateurs, attendait de lui une réplique quelconque, une anecdote qui ferait écho aux siennes. Il ne trouvait rien de mieux parmi ses souvenirs que quelques bribes d'une chanson de radio, ou encore des impressions, des sensations éparses - le goût sur ses lèvres du tabac grillé, l'odeur moisie des voitures antiques : des bêtises qu'on n'oserait jamais exprimer tout haut, devant les autres, encore moins devant celle qu'on tâche d'impressionner. Devant son silence obtus, elle haussait les épaules et reprenait le fil de son récit; lui, pour sa part, se sentait devenir d'une minute à l'autre plus ridicule encore, plus tristement pathétique.

Tout allait si manifestement mal au cours de ces rencontres avec Patti que Gabriel se demandait parfois pourquoi il s'obstinait à lui faire ainsi la cour. Seul de nouveau dans son appartement, il évoquait l'image des épaules de la jeune fille, ces os revêches, ces maigres chairs, il se rappelait les baisers pudiques qu'ils avaient échangés, sa bouche maladroite sur la joue creuse, puis le désir s'affirmant, l'instinct se déployant dans toute sa force, il savait d'un coup pourquoi il s'acharnait, malgré lui, malgré elle, à lui plaire. C'était l'espoir qui le poussait, l'espoir de pouvoir la persuader, un soir, de venir avec lui jusqu'à l'étroit lit de son logis, d'enlever de son corps tremblant et pâle la chemise et la jupe, et de sonder avec elle l'ineffable mystère du péché charnel. Il avait souffert le supplice de la sulfureuse Gloria, la torture de sa lippe sensuelle, de ses bras blancs comme des jambes nues, de la fente troublante à la naissance de sa gorge. Et bien que ce fût elle qu'il convoitait, il savait que c'était ailleurs qu'il lui faudrait chercher. Avec celle, par exemple, qui parce que trop jeune, trop naïve, ne saurait se moquer de lui, de sa peau moite de peur, de ses mains empotées et tremblotantes, de sa hâte, et de sa maladresse. Avec celle qui le prendrait tendrement, saurait le guider avec l'infaillible instinct de l'éternel féminin, et se dépouillerait avec lui, peau contre peau vierge, de son onéreuse innocence. Seule Patti ne le mépriserait pas, et c'est pour cette raison, chose honteuse à avouer, que Gabriel, lorsqu'il se secouait de la torpeur de sa solitude, pensait d'abord à elle.

Ils allaient donc prendre le petit déjeuner au comptoir de la station d'autobus et, en attendant les assiettées d'oeufs, de jambon et de *hash browns*, Gabriel jouait du bout de ses grands doigts avec le sucrier, avec les serviettes dans leur boîte nickelée. Il tentait aussi de se composer une figure à l'image des émotions que Patti découvrait dans les méandres et les détours de l'histoire de sa vie, il s'acharnait à extraire du souterrain de son existence un récit, un exemple, un petit fait curieux, n'importe quoi, enfin, qui saurait intéresser la jeune fille. Mais dans le fatras de tous ses souvenirs, il ne trouvait toujours que l'odeur des fleurs du pommetier, le tourment des caleçons de laine sur ses cuisses, le goût mielleux de la cire à plancher qu'on faisait fondre dans le fourneau, le rouge vin des pelures de bettraves sur les doigts de sa mère, ou encore le bruit rugueux de la lame sur les poils drus du visage de son père. Des couleurs, des parfums, des sensations qui n'avaient rien à voir avec la chronologie sèche des faits et des événements de la vie de Patti. Pourtant quand elle s'était mise à lui raconter son enfance enchantée dans les terres noires du mid-west américain, les poulains fringants qu'elle avait montés, les chatons qu'elle avait pris entre ses mains, encore mouillés et tout fripés du sein de la chatte, Gabriel avait quitté un moment son musée d'images hétéroclites pour écouter avec attention les détails d'un récit qui lui était à la fois si bien connu et si étranger.

Les champs de son père, lui avait-elle confié, s'étendaient dès le seuil de la maison, grimpaient plaine après plaine, montaient jusqu'aux étoiles. Dans le vent d'été, lui avait-elle dit, sous la caresse de la brise, le grain doré roulait comme le dos courbé d'une bête, évoquait le tangage suave des fauves dans la savanne. L'univers de

la petite était fait de la pénombre de l'étable constellée de
poussière de paille et, contre sa joue et dans la paume de
ses mains, du poil et des griffes des bêtes. C'était un monde
ordonné, plein de cérémonial, de naissances et de douces
morts, de blés frémissants, de fourrure fragrante, d'odeurs
de sang, de souffle, de vie. Cette félicité pastorale avait
pris fin une semaine de canicule. C'était le jour de ses seize
ans. Elle rentrait les bras chargés de glaïeuls d'anniversaire.
Le ciel menaçait d'éclater et la tornade de sévir; sur les
champs planaient la poudre de la moisson et les cris des
mouettes. On l'avait envoyée auprès de son père avec le
casse-croûte qu'il avait oublié en quittant la maison à
l'aube. Patti avait sauté sur sa bicyclette. Elle avait suivi
l'ornière de boue sèche tracée entre deux terres et frayé
son chemin parmi les crinières frémissantes des lions tapis
dans l'herbe. Toute à son aventure, elle n'avait été
consciente ni de la moissonneuse arrêtée à la lisière d'un
champ, ni - au-delà du susurrement des blés et de la flûte
de l'alouette - des cris strangulés d'un engin furieux. Ce
n'est que lorsqu'elle était arrivée au bout du champ et
s'était mise à longer vers l'est le fossé qui séparait le grain
des tournesols qu'elle avait aperçu le tracteur de son père
renversé sur la pente du canal et hurlant sa déconfiture.
Patti avait tout de suite compris; elle ne s'était pas
approchée, avait refusé de voir le corps poinçonné par
l'acier sur son autel de terre. Un accident bête, bête comme
le courant qui happe le nageur faible, ou la foudre qui
s'abat impunément sur l'arbre et sur l'enfant. Parce que le
hasard avait voulu, ce jour-là, que le père eût le goût de
faire monter sa machine sur ce bord de canal, Patti, ses
frères et sa mère s'étaient retrouvés soudain seuls et sans
recours. La ferme avait été vendue et les membres de la
famille s'étaient dispersés dans l'espoir de trouver dans

les grands centres un emploi qui leur permît de vivre. C'est ainsi que Patti avait échoué dans les montagnes du Colorado où rien ne lui rappelait les plaines de son enfance.

En écoutant le récit de la jeune fille et ses lamentations pour le paradis perdu, Gabriel ne pouvait pas rester indifférent. Il sentait sourdre dans sa poitrine d'adolescent la capiteuse envie de réinventer pour Patti son monde disparu. Il voulait se déclarer son champion, le chevalier résolu à reposséder au nom de la damoiselle la vie qu'on lui avait arrachée des mains. Mais, dès que les mots de promesse et d'engagement se mettaient à se presser dans sa gorge, dès qu'il se sentait gagné par un brutal attendrissement, il se rappelait son rêve à lui - le fuyard, le vagabond- son désir de mer et d'éternel été, et pour finir, il ne lui vouait que sa sympathie. Cette douce pitié était si émouvante que Patti s'abandonnait aux délices de la confidence, et dans ses pleurs, dans son désarroi, ne repoussait pas les caresses aveugles du garçon. Il lui essuyait les larmes du bout des lèvres, lui couvrait le visage de baisers, faisait glisser ses mains sur la nuque et dans le dos de la jeune fille, et elle se laissait faire... Mais, lorsque sous le couvert de l'émotion, les gestes de Gabriel devenaient moins discrets, elle se ressaisissait, prenait fermement la main du garçon dans la sienne et la retenait entre ses doigts. Ces soirs-là, il prenait des détours pour rentrer chez lui, il errait dans le noir dur de la nuit dans la montagne, et la tête nue dans le vent d'hiver, il se chauffait les sens à l'idée de Gloria.

De temps en temps, il allait passer une soirée chez Madam Annabella Smith, la logeuse de Patti. La première fois qu'il s'était présenté chez elle, on l'avait laissé

poireauter un moment au seuil de la porte. Agacé, sa main
levée pour frapper encore une fois, il avait entendu
soudain une musique qui lui avait fauché l'élan : une
mélodie qui l'avait entraîné, sans qu'il sût pourquoi, dans
la rue de Saint-Boniface à laquelle il n'avait pas pensé
depuis si longtemps. Juillet, l'odeur de l'huile solaire, des
ondes de chaleur qui font frémir les herbes blondes du
terrain vague, le grésillement ou de la terre ou des grillons,
la fenêtre ouverte de la maison du bout de la rue, une voix
chaude mais distante - loin, loin dans l'ailleurs et le révolu
- qui glisse et se plaint, se casse et perdure.

> *See that long lonesome road? Lawd, you know*
> *it's gotta end.*
> *I'm a good woman, and I can get plenty men.*

De l'autre côté de la porte, des rythmes syncopés étaient
arrivés jusqu'à Gabriel, des rythmes comme ceux
d'autrefois, comme ceux de la rue Seine, où la fille qui se
dorait au soleil et la musique incantatoire dont elle se
grisait, demeuraient pour lui autant de mondes défendus.
C'était cette même musique qui, ce soir-là, s'était échappée
de la maison de Madam Smith; mais à portée de main,
celle-ci, un simple air d'été saisi au hasard d'une nuit
d'hiver, et il n'avait pas hésité. Il avait cogné contre la porte,
avait réclamé qu'on lui ouvrît, et qu'on lui livrât enfin
passage à la jeune fille stupide de soleil et de l'amertume
du jazz.

C'était toujours pareil chez Madam Smith : une
bougie sur la table, une odeur de friture sucrée et, dans la
pièce à côté, une voix enrouée qui chantait sa langueur
noire et sa triste douceur. Chaque fois, Gabriel éprouvait
la nostalgie du soleil d'Amandine. Chaque fois, il tombait,

séduit, sous l'empire des deux jeunes filles de la maison. Elles le regardaient en souriant, leurs dents et le blanc de leurs yeux comme des opales laiteuses dans l'obscurité à peine mitigée de la pièce pendant que, du bout de leurs doigts fins et dans la paume rose de leurs mains, elles roulaient la pâte sur une planche saupoudrée de sucre glace. Il les regardait pétrir pendant que, du salon, une voix désincarnée scandait pour elles les déboires de son âme. Il prit goût au rire de ces femmes lisses et moelleuses, à leur pâte frite qui fondait sur la langue, à leurs mains, à leurs cheveux, à l'éclat de leurs yeux.

Ces soirées-là, ils se mettaient à table, ils jasaient doucement pendant qu'une ombre dansait sur toutes les peaux dans la lumière de la bougie. Gabriel somnolait dans la chaleur de la cuisine, il sentait contre son bras la pression d'un autre bras, avait dans les narines l'odeur d'une autre chair, et pourtant, il ne voulait pas partir.

Les filles d'Annabella Smith avaient ramené Patti à la maison la dernière nuit d'un mois d'octobre. Elles l'avaient trouvée assise au clair de lune, un potiron grotesque entre les jambes, sa bouche barbouillée d'orange, les ongles de ses doigts gavés de chair de courge. Elles l'avaient recueillie comme on prend chez soi une poupée abandonnée. Elles s'étaient amusées à la nourrir et la laver, coiffer la fine mousse de ses cheveux clairs, avaient supplié leur mère de la leur laisser. Un jouet égaré, un chiot ou un chaton qu'on retrouve comme ça, près des poubelles, en fin d'après-midi en rentrant de l'école. Patti avait mangé à sa faim, dormi dans des draps imprégnés de l'odeur de la chaleur humaine, et s'était levée le lendemain, humble, reconnaissante et pleine d'émerveillement devant l'inexplicable bonté de ces étrangères.

C'est au cours des soirées passées chez Madam Smith que Gabriel en était venu à comprendre l'ancien engouement d'Amandine pour la race noire. Il lui semblait que la voix de ces jeunes filles et de leur mère lui coulait sous la peau comme du sang de surcroît, lourde, sensuelle, pleine de langueur. Leur regard était tendre, humide, éternellement blessé, et leur parfum, ces soirs-là, montait fauve, étouffait la douce odeur d'herbe froissée de Patti. Il s'imaginait sans difficulté le plaisir qu'aurait connu Amandine de se retrouver parmi ces femmes superbement souples; elle aurait aimé voir le balancement si savant de leur corps lorsqu'une cadence venait s'y coller, l'écarlate de leur bouche, les soies roses des paumes de leurs mains, leurs têtes laineuses et farouches, insoumises. Gabriel décidait alors qu'il ne les quitterait plus, elles et leur cuisine chaude, qu'il resterait parmi elles jusqu'à ce que leur odeur lui imprègne la couenne, jusqu'à ce qu'il sache saisir sur sa langue les nuances noires de leur argot, jusqu'à ce qu'il apprenne, lui aussi, à vivre dans son corps comme un fruit mûr dans son écorce...

Un jour, Patti était rentrée dans son pays et Gabriel n'était plus allé chez Madam Smith. Alors, le souvenir de ces femmes sucrées s'était rangé docilement à côté de ceux de la rue Seine, d'Amandine et de la petite Camille; il s'était taillé une place parmi des images qui depuis longtemps avaient le don d'éveiller en lui une poignante nostalgie.

Chapitre II

Le jour, la maison était censée être vide. Les locataires se rendaient tous au travail; il n'y avait que la chatte blanche de l'appartement du premier qui rôdait d'une pièce à l'autre à l'affût des souris grises qui n'existaient, effectivement, que dans ses rêves. Gabriel suivait le parcours de la bête au-dessus de sa tête, l'entendait sauter de la berceuse et atterrir avec un bruit mat sur ses pattes de velours. Elle miaulait de temps en temps, se rappelant peut-être cette autre avec qui elle avait l'habitude de partager ces espaces, la femme aux mains chaudes et rudes dans sa fourrure, la femme à qui avait été révélé le secret des bols de lait. Gabriel l'imaginait aussi à la fenêtre, la chasseresse blanche, la devinait installée sur le rebord, le

museau et les moustaches contre le carreau, occupée à
observer les passereaux qui se perchaient en grappes sur
les fils électriques. Et il savait qu'elle gémissait à la vue de
ces moineaux bombés de sang, qu'elle se morfondait
d'impuissance et tressaillait de convoitise... Parfois, il
aurait voulu qu'elle descende jusqu'à lui, qu'elle s'étende,
comme le veut l'esprit capricieux des chats, juste au-delà
de la portée de sa main. Il la voulait près de lui, sa chaleur,
son ronronnement, une autre vie que la sienne, là sur la
courtepointe, pour le distraire, pour tromper sa solitude.
Mais elle ne descendait jamais, et il dut se consoler aux
petits bruits de ses pas, d'un meuble, d'un vase qu'elle
frôlait sur son passage.

Vers midi, un jour de congé, Gabriel avait entendu
un bruit étonnant dans l'appartement du premier. Un bruit
de tuyaux et d'eau qu'on fait couler, de robinets qu'une
main fantôme aurait ouverts et puis oubliés. Il lui avait
semblé que la baignoire devait déjà être pleine : ça coulait
depuis bien trop longtemps, elle allait déborder et inonder
la salle de bain, l'eau fuirait dans tous les coins, finirait
par pénétrer par le plafond au-dessus de sa tête. Immobile
dans son salon, il avait écouté de tout son corps, avait tenté
de repérer au-delà du bruit de l'eau le mouvement, le
soupir qui saurait le rassurer, qui lui signalerait une
présence véritable - ni spectrale, ni féline - mais humaine,
en chair et en sang et en os, là-haut, dans cette pièce qui
petit à petit s'emplissait d'eau. Tout en lui était crispé,
tendait vers le plafond, et il n'entendait que l'eau qui
coulait, coulait sans cesse... Il s'était décidé d'un coup.
Sortant du salon à la course, il avait bondi dans l'escalier
et gagné à toute vitesse le palier de l'étage. À la porte de
l'appartement du haut, il n'avait hésité qu'une seconde

avant d'essayer la poignée : on n'avait pas fermé à clé. Il avait pénétré en coup de vent puis, écartant du pied la chatte venue aux nouvelles, il s'était dirigé en courant vers la salle de bain. Une deuxième porte à franchir, plus inquiétante encore que la dernière : une porte qui n'avait voulu s'ouvrir qu'à demi, entravée comme elle l'était par une pile de vêtements blancs, abandonnés comme ça, pêle-mêle, sur le plancher; une porte derrière laquelle une bouteille de bourbon renversée mêlait son filet ambré à la nappe d'eau qui se répandait sur le carrelage de la petite pièce. Devant ce linge et cette bouteille d'alcool, le coeur de Gabriel avait cessé un instant de battre. Il avait repoussé la porte d'un mouvement effréné, voulu savoir, tout de suite savoir, et il l'avait trouvée, la femme de l'appartement du haut : une forme floue dans le bain profond, une chair éparse, diffuse, dans la chorégraphie de l'eau. Il avait vu ses cheveux - épais comme un morceau d'étoffe, un riche brocart à la dérive - il avait vu la cambrure de son dos, et le pli d'un genou, il avait vu la couleur de sa peau. Se penchant alors pour couper l'eau, il s'était retrouvé soudain le corps inerte dans les bras. Il avait fait un suprême effort, l'avait soulevée, arrachée à l'étreinte de l'eau avant de s'écrouler sur le plancher, la femme dans les bras, sa tête renversée sur son épaule. La blanche nudité de ce corps de femme avait fait monter en lui toute sa gêne adolescente. Il s'était mis à tirer sur elle tout ce qui lui tombait sous la main, les vêtements détrempés et les serviettes froides qui traînaient sur le plancher, et il en avait enveloppé la femme inconsciente. Puis, se rendant compte tout à coup de l'absurdité de son geste et du temps précieux qu'il perdait, il s'était défait brusquement du poids mort de la noyée et s'était appliqué fièvreusement à la ranimer. Au bout de quelques minutes de travail acharné, une écume de bulles apparut sur les lèvres de la femme. Épouvanté à l'idée qu'il venait de lui arracher son dernier soupir, il avait redoublé ses efforts et bientôt elle avait tressailli dans ses bras, s'était mise à tousser, puis à cracher, et avait fini par rendre le mélange d'eau et d'alcool qui avait failli l'emporter. Ses paupières avaient battu fébrilement, les étendues livides de son corps nu s'étaient hérissées, et elle s'était mise à gémir, une sorte de vagissement aveugle et inhumain. Gabriel en avait été tout ébranlé... Le son avait évoqué dans son esprit un lointain après-midi d'été quand il avait surpris l'enfant de la voisine dans les buissons de la berge, un chaton mouillé entre les mains. On avait noyé son chat - une portée trop nombreuse, peut-être, un décret injuste du père - mais la fillette avait récupéré le petit dernier, et sa bouche rose sur le museau de la bête, elle lui avait gonflé les poumons de son souffle, elle l'avait rempli de sa vie à elle, sauvage et insoumise. À la fois fasciné et repoussé par l'animalité de l'enfant, Gabriel l'avait observée de près, convaincu qu'il la verrait, s'il savait être patient, entrouvrir les lèvres et finir de ranimer la bête à coups de sa langue rude... Le chat avait miaulé, le cri de détresse du nouveau-né, et triomphante, la fillette avait tendu les mains vers lui pour qu'il le prenne...

La femme essayait de se retourner, se soulevait sur un coude, puis retombait de nouveau dans la confusion de vêtements, d'eau et de vomissure; ses longs cheveux lui collaient à la joue, se faufilaient comme des couleuvres dans les plis de son cou. Gabriel lui avait essuyé le visage, l'avait dépouillée de ses serviettes mouillées puis, lui mettant un bras sous les épaules, il l'avait relevée, puis enveloppée dans un peignoir sec. Il l'avait ensuite guidée vers la chambre à coucher, pataugeant avec elle dans les flaques qui se répandaient maintenant partout dans l'appartement, mesurant ses pas aux siens, nichant sa pauvre tête dans le creux de son cou. Il l'avait couchée sur le côté, l'avait recouverte d'une couette blanche, et dans l'obscurité des stores baissés, il s'était installé dans un fauteuil près du lit pour la veiller.

Sous la couverture, il pouvait voir les frissons qui parcouraient encore le dos de la femme, les saccades de la répulsion, dures comme celles de l'enfantement, effort dérisoire d'écarter de ses viscères la mémoire de la mort. Comme un corps qui s'était ajusté au sien, lui avait collé la bouche à la sienne pour lui dérober son souffle, l'eau l'avait pénétrée, l'avait étouffée, une cellule à la fois, comme le vent arrache de leurs mèches la petite flamme des lampions. Maintenant, dans les tressaillements de ce corps rompu, la vie, impérieuse, revendiquait sa place, éclairait à coups de torches et de flambeaux ces recoins obscurs trop tôt cédés à la mort. Une violence apeurante que celle de l'afflux du sang, du souffle et de la volonté de vivre, un viol, une rupture, un éclatement brutal. Lui, immobile et muet, assistait avec une espèce d'horreur au spectacle de ce corps à nouveau subjugué. Comme si la peau de la femme avait été transparente et tous ses lieux secrets visibles à l'oeil nu, il s'imaginait facilement les veines crevées et aplaties dans la chair, le long des os et au fil des nerfs - leurs fourches et leurs bifurcations, leurs embranchements et leurs ramifications, le parcours qui ne l'était plus - forcées sous la pulsion du sang à se distendre et se déchirer. Et dans ces poumons qui lentement avaient viré au gris, un souffle bagarreur et têtu frayait un chemin douloureux vers des profondeurs moisies. Il semblait à Gabriel que, de chaque interstice ainsi agressé, de chaque espace profané, s'élevait le cri infime de la douleur et de la résistance vaincue : d'entre les lèvres de la femme, avec chaque respiration, ces voix trop frêles, qui parlaient toutes de rage et de blessure. Mais il écoutait; il avait écouté jusqu'à la tombée de la nuit, jusqu'au moment où le râle fait de mille voix mêlées n'en avait fait plus qu'une seule, une qui, au-delà de la souffrance, appelait, affirmait, la vie... Le souffle de la femme venait, s'échappait paisiblement. Encore à l'écoute, le garçon s'était assoupi à son tour.

Il s'était réveillé aux premières lueurs du jour; l'aube encore grise dessinait un rai aux contours de la fenêtre, le lit, les meubles et toutes les tentures de la pièce brillaient d'un curieux éclat et, dehors, un merle nouvellement arrivé dans les parages se confondait en arpèges. Gabriel avait ouvert les yeux et avait immédiatement été pris de frayeur. Il n'avait d'abord reconnu ni la chambre, ni la chaleur inusitée qui le pénétrait tout d'un côté. Tournant la tête, il avait vu sur l'oreiller à côté du sien le visage de la femme qu'il avait tirée de l'eau la veille; elle dormait tranquillement, son corps tout chaud de sommeil blotti contre lui. Il avait souri de la voir, l'avait trouvée belle, s'était encore interrogé sur la cause de sa détresse. Il ne bougeait pas de peur de la réveiller, trouvait amusant de se découvrir comme ça, dans le lit de l'étrangère, sans aucun souvenir d'y avoir été invité. Il se dit qu'au cours de la nuit, il avait sans doute eu froid et s'était tout bonnement mis au chaud, sans attendre d'autorisation, sans demander permission. Il était trop tard à cette heure pour se retirer; le moindre petit mouvement risquait d'éveiller la dormeuse. Il avait pris le parti d'attendre.

C'est lorsqu'il étudiait la composition de la chambre - les murs, les tapis, et les commodes que la lumière du matin lui révélait à petits-coups et qu'il découvrait, à son grand étonnement, uniformément blancs - qu'un doute inquiétant s'était immiscé dans ses pensées et avait déclenché en lui un orage d'émotions. S'il avait si facilement perdu le souvenir de ses mouvements dans la nuit, s'il ne se rappelait ni quand, ni comment il s'était levé de son fauteuil pour se glisser tout doucement sous les couvertures du lit, si tout cela avait été accompli sans qu'il en ait eu la connaissance, n'était-il pas possible que, d'une façon également inconsciente, il ait eu goûté, entre les mains de cette belle femme endormie à ses côtés, au plaisir charnel tant convoité sans qu'il en retienne, ce lendemain, le moindre petit souvenir? La seule pensée l'avait fait gémir de chagrin. Il avait glissé une main sous les couvertures, s'était tâté, n'avait rien trouvé d'exception- nel; il avait interrogé les lambeaux de ses rêves, ces vapeurs qui lui flottaient encore dans le cerveau, mais elles étaient demeurées insaisissables; enfin, il s'était tourné vers le visage fermé de la femme pour voir s'il pourrait y déceler un quelconque vestige : d'une faim terrible peut-être, ou bien (ô gloire!) de satiété, peut-être même, ce n'était pas impossible, d'une sorte d'extase. Mais la femme dormait à poings fermés, lointaine, impassible, et si cette nuit-là elle avait aimé, il n'en restait sur son visage aucune trace visible... Gabriel l'avait regardée longuement; il s'était rendu compte avec un mouvement de tendresse que la femme couchée près de lui n'était plus dans la première fleur de l'âge. Une fraîcheur altérée dans le teint de la peau, des ridules aux coins des yeux et, sur la moue du sommeil, ces petites fronces peu profondes qui tailladent le contour des lèvres. Il lui semblait aussi que la chair contre la sienne cédait, que les os se dessinaient à peine sous la peau moelleuse, que les seins étaient lourds, et le ventre saillant.

Tout alors avait chaviré en lui. Il avait fermé les yeux, serré les poings, s'était tourné malgré lui vers cette odeur de femme, vers ces cheveux de femme, cette gorge, ces cuisses, cette chatte de femme, s'était laissé emporter par ses fantaisies d'amour, ce rêve qu'il caressait depuis si longtemps, d'être pris, comme ça, par une femme mûre et savante, et initié par elle, par sa bouche et ses mains, et ses jambes autour de sa taille, aux délices, aux jouissances, d'un érotisme raffiné. Il était loin, dans d'autres lits, avec d'autres jeunes filles qu'il faisait couiner de plaisir et se tordre de volupté, il s'enivrait du parfum des bras, du goût des peaux, de l'ardeur affolante de ces femmes affamées. Il aimait, il aimait, l'amoureux tendre, et doux et infiniment subtil, lorsqu'il s'était tout à coup rendu compte que la femme à ses côtés s'était tournée vers lui et, subtile somnambule, esquissait dans un baiser les premiers gestes de l'amour. D'un haussement de ses épaules, elle s'était défaite de son peignoir, puis s'était livrée toute nue aux caresses hésitantes du garçon...

Ce fut d'une brièveté ahurissante; la femme, agissant sous les diktats d'un rêve agité, n'avait accordé qu'une attention sommaire à la danse des deux corps avant de se replier sur elle-même et de se perdre, à nouveau, dans les profondeurs du sommeil; Gabriel, pour sa part, n'avait que de justesse survécu au premier contact des chairs. Noyé à son tour, envahi, englouti, il avait sombré dans le corps de l'autre comme on roule dans l'abîme, comme on plonge dans une eau. Le goût de la femme dans sa bouche, et l'odeur de sa peau sur ses mains étaient pour lui, le goût et l'odeur d'un jardin dans la nuit. Son seul désir, ce matin-là, était d'y pénétrer, dans ce premier jardin, et d'y habiter toutes les nuits de sa vie.

Il était tard, très tard, quand elle s'était enfin réveillée. Gabriel, couché à côté d'elle dans ce lit blanc, au milieu de cette chambre blanche, avait attendu, immobile et silencieux. Il avait noté le jeu de la lumière matinale sur les murs et écouté la rumeur qui, petit à petit, était montée d'abord de la rue, et puis des entrailles même de la maison. Il avait senti la femme tressaillir à ses côtés et reconnu au bruit de son souffle soudain prisonnier l'angoisse qui renaissait en même temps que la conscience. Quand il s'était tourné doucement vers elle, il avait vu qu'elle se cachait déjà le visage dans les mains, et qu'un cri muet lui défaisait la bouche. Il avait voulu la prendre dans ses bras. À son toucher, elle s'était raidie, avait écarquillé les yeux avec épouvante, et l'avait repoussé. Il n'avait plus bougé, mais ne l'avait pas quittée du regard, guettant d'un oeil apeuré tous les mouvements de son visage. Il avait vu, avant qu'elle-même n'eût pu l'admettre, qu'elle l'avait reconnu, qu'elle se rappelait de lui, de sa main tendue au coeur de la dérive. Gabriel avait cru voir dans l'expression de sa bouche, et dans le tremblement de son menton, un sentiment qu'il avait d'abord pris pour la gratitude. Mais, non, non, il ne comprenait plus rien : car elle avait fermé les yeux et hoché tristement la tête, et lui avait dit dans un sanglot triste comme la mort :
«Pourquoi... dis-moi... de quel droit m'as-tu tirée de là?»
Gabriel avait alors compris qu'il ne l'avait sauvée des eaux que pour la livrer aux lames, peut-être, aux cordes, et aux boissons fatales. C'est à ce moment-là qu'il avait su qu'il ne pourrait plus la quitter.

Ils avaient fait, pour un temps, ménage à part. Non pas par scrupule des apparences, puisqu'il n'y avait personne dans leur entourage qui pût être blessé par leur intimité, ni faute d'envie : au contraire, tout dans leur nature les conviait à une complicité. S'ils avaient choisi de vivre d'abord chacun de son côté, c'était tout simplement par souci de se conformer aux rites d'usage. Ainsi, après avoir passé la journée chez Sarah, après avoir mis la pagaille dans sa cuisine pour se concocter un petit plat, après avoir vidé avec elle une ou deux bouteilles de Sauvignon, après avoir ouvert tout grand sur le tapis blanc de la salle de séjour ses livres d'art - seules taches de couleur dans un décor absolument blanc - et l'avoir écoutée lui raconter Braque et Matisse et Chagall et Cézanne, après s'être roulé avec elle sur les divans, les planchers, les tables et le lit dans une frénésie de luxure, et de tendresse aussi, moments passés comme de petites bêtes à se mordre et se lécher, à s'égratigner, à se ronger, à boire jusqu'à la lie le grisant élixir de l'autre, Gabriel s'en était tenu au moment du départ à un baiser sur le seuil de la porte, avant de courir se réfugier dans son propre lit... Pour le plaisir de se redécouvrir le lendemain, pour l'attente, pour le répit du coeur et du corps, tout endolori d'amour.

Au début, Gabriel n'avait osé la quitter qu'après avoir soutiré d'elle promesses et serments : elle jurait de se rendre au travail, de rester à son bureau, d'y manger à l'heure du midi seulement le casse-croûte qu'il lui avait préparé, de rentrer bien sagement en fin de journée et d'attendre, dans son fauteuil d'osier blanc, qu'il vienne la trouver. Les premiers jours, Gabriel avait connu un enfer d'angoisse. Elle lui avait semblé si peu là; si vague, si amorphe, si capable de glisser sans un bruit vers d'autres mondes. Il avait cru pouvoir la perdre entre deux battements de cils... Le soir, sa journée faite, il courait jusqu'à elle comme le gamin qu'il était encore, se penchait sur elle, s'émerveillait de voir palpiter à son poignet une petite veine bleue, et frémir la peau de sa gorge sous le corsage de sa blouse. Jubilant de la savoir encore là, fort de jeune sang, de passion et de désir, tout tremblant aussi de reconnaissance, il se mettait à genoux devant la femme, la dévêtait avec de petits gestes, de petits baisers avides et indiscrets, il la prenait, là, dans son fauteuil d'osier blanc, sa langue sur le bout de ses seins, les mains sur ses jambes, son visage enfoui dans la mollesse de son ventre. Sarah, d'abord immobile, impassible, finissait par s'éveiller, elle prenait les cheveux de Gabriel dans ses mains, s'y nouait les doigts et le tirait vers elle. Sous les mains et la bouche du garçon, ses propres sens excités un à un par l'ardeur d'un enfant de dix-sept ans, Sarah s'était petit à petit rattachée à la vie. Bientôt, il avait pu la quitter sans crainte de la trouver partie à son retour. Il savait qu'elle l'attendrait, car l'appétit qu'ils avaient appris ensemble à assouvir en avait appelé mille autres. Sarah, il le savait, vivrait maintenant de sa faim.

Elle le trouvait ravissant, Gabriel; si jeune, si naïf, une argile souple entre ses mains. Mais elle ne cessait de s'étonner de la présence du garçon dans sa vie. Elle se traitait de folle, d'esprit frivole ou parfaitement pervers, elle, une femme de trente ans, amusée par un adolescent, éprise de lui, séduite par lui. Et pourtant, elle ne le chassait pas de son lit. Son corps lisse, sa fougue et son audace, lui faisaient oublier la tristesse grise qui, comme une étoupe, lui avait calfeutré l'âme.

Sarah était venue à la montagne pour s'effacer dans le blanc. Elle avait souffert dans la grande ville de l'excès de couleur. Les vêtements bigarrés des femmes dans la rue l'été, la verdure exagérée des parcs, les étalages rutilants des marchés, les carrosseries chromées des voitures sur les chaussées, les néons des grands boulevards, les flaques irisées dans les caniveaux, les géraniums écarlates dans les plates-bandes des jardins, le jaune orgueilleux des pissenlits, et dans le grillage des clôtures, le long des ruelles, sur les flancs des autobus et sur les toits des taxis, les loques criardes des déchets de la réclame, tout ça avait été autant de blessures dont elle ne guérissait plus. Elle avait essayé, pendant un temps, l'astuce des lunettes fumées, des promenades la nuit, mais la couleur avait une odeur pour elle, une chaleur que même le noir ne pouvait dissimuler. Elle avait fini par chercher refuge dans l'éternelle blancheur.

Enfant, il en avait été tout autrement; enfant, elle s'était nourrie de couleur. S'était gorgée, gavée de lumière, de sa réfraction et de sa diffraction, elle s'était faite elle-même cristal et prisme pour décomposer un rai de soleil et capter dans ses mains son arc de couleurs. Toutes les surfaces s'étaient prêtées à son jeu : les couloirs et les cloisons pâles de la maison de son père, les trottoirs de béton gris devant sa porte, les marges des pages de ses cahiers d'école, les joues blafardes de son visage. Le lait, le fromage blanc, la poitrine blanche du poulet du dimanche avaient fait son désespoir. Il lui avait fallu du melon d'eau et des asperges, de la moutarde et du chocolat, la confiture de fraises, le jaune d'oeuf, les radis, les cornichons et les citrons... Il lui était arrivé, une fois ou deux, de manger une craie de cire, ou de se l'enfouir dans le nez, histoire de goûter à la couleur, de la humer... Sarah avait voué un culte à la couleur, l'avait vénérée, adorée, idolâtrée, mais la couleur, elle, avait fini par la trahir.

À vingt-huit ans, au bout d'une douzaine d'années de dévotion aveugle, Sarah avait connu le doute. Elle avait

tout sacrifié pour la peinture - amitiés, amours, la paix de
l'âme et le bien-être du corps - elle avait préféré sa palette
aux visages humains, et la solitude au partage, s'était
éclipsée des soirées, des conversations, des chambres et
des lits, pour courir vers ce qui n'avait cessé de l'appeler.
C'était une hantise, une obsession presque maladive,
c'était un désir incoercible qui la tenaillait jusque dans son
sommeil. C'est parce qu'il était si impérieux, ce besoin de
couleur, parce qu'il s'affirmait envers et contre tout, que
Sarah avait choisi d'y voir une preuve irréfutable de son
talent. De sa sensibilité. De sa vocation d'artiste... Mais
elle avait compris, un jour, qu'il se pouvait fort bien qu'elle
se soit leurrée. Elle avait compris que si la vie est prodigue
de vocations, elle l'est beaucoup moins de dons. Et elle
avait eu honte d'avoir été si longtemps dupe de ses propres
désirs... Un soir d'été, quand les feuilles des érables du
parc en face luisaient sous la pluie comme des morceaux
de lune, Sarah avait renoncé à la peinture. Elle avait
emballé ses toiles, ses pinceaux, ses huiles, et ses gouaches,
installé un stand au marché aux puces du quartier, et
vendu la substance de sa vie comme un forain écoule sa
marchandise.

Pendant un temps, elle avait erré dans la ville, évitant
soigneusement les champs mûrs de la campagne, et le
reflet clair des eaux vives. Elle avait emprunté plutôt les
rues grises qui se faufilaient à l'ombre des tours à bureaux
ternes, et sales, et mortes; elle s'était appliquée à chasser
toutes les images qui se pressaient en elle en réclamant
qu'on les fixe - tout de suite, avant qu'elles ne s'enfuient
et ne s'évanouissent - elle avait feint de s'étonner devant
le sentiment de perte, de deuil, de vague désespoir, qui
montait en elle chaque fois qu'il lui fallait fermer les yeux...
Mais parfois, aussi, elle avait l'impression de respirer,

comme pour la toute première fois. Parti, le poids qui l'avait si longtemps écrasée, mort, le petit singe cynique qui, perché sur son épaule, l'avait aiguillonnée de coups de ses griffes ambitieuses. Plus rien ne l'attendrait, ni ne l'appellerait; elle ne répondrait, désormais, qu'à elle-même. Comme ces jeunes filles qu'elle croisait, justement, dans les avenues mornes du centre-ville, ces filles et ces jeunes hommes préoccupés par les choses ordinaires de la vie. Et Sarah s'était mise à les suivre attentivement de l'oeil - ces commis, ces caissières, ces hommes d'affaires et ces vendeurs de chaussures - elle les avait dévisagés, les avait étudiés dans l'espoir d'apprendre comment on fait pour vivre ailleurs que dans sa tête...

L'automne avait eu raison d'elle : tous ces espaces boisés où un faste de couleurs usurpait le vert d'été, et ces pelouses jonchées des pétales des derniers bouquets d'août. Elle avait fait ses valises et embrassé sa mère. Devançant la neige, elle était partie pour la montagne. Et s'y était appliquée à se refaire une vie dans l'absence de couleur.

La tentative avait abouti dans l'eau trouble de sa baignoire. Par une sorte de négligence, ou d'indifférence, elle avait failli égarer son souffle, sa propre existence, comme ça, distraitement, comme on perd un peigne ou un trousseau de clefs. C'est qu'elle ne tenait plus à la matière brute de la vie, à ces émotions, ces sensations qui lui effleuraient la peau de l'âme, comme le vent la face étale d'une eau, sans laisser de traces. Si tout devait être désormais sans résonance, sans prolongement, si les heures et les jours devaient se suffire à eux-mêmes, et que tout devait finir là exactement où l'on avait commencé, à quoi bon s'attacher, à prêter même l'intérêt le plus éphémère à l'étoffe du temps. Si, par la couleur, on ne pouvait plus transformer l'ordinaire de l'existence, si, par un acte de l'imagination, on ne pouvait plus pratiquer la transsubstantiation du quotidien, ce miracle, ce sacrement, à quoi bon?... Aussi bien s'endormir, tout simplement...

D'abord, elle avait eu du mal à convaincre Gabriel d'aller à Chicago. C'était, disait-il, trop près de la frontière, il aurait l'impression déconcertante de rebrousser chemin, il craignait de se faire happer par le champ magnétique de tous ses souvenirs. Mais Sarah descendit ses livres du haut de ses armoires, elle montra à Gabriel les tableaux de Monet, et de Seurat, et de Renoir, lui dit qu'il pourrait les voir, ces couleurs, *live*, en personne, accrochées aux murs d'un musée d'art : la fumée bleue de la Gare Saint-Lazare, les ombres de la Grande Jatte, l'effet de la lumière sur le visage des Deux Soeurs. Elle lui raconta les oliviers de Matisse le fauve, ses collines cavalantes de safran, de carmin et de saumon, et les verts de Cézanne, ces verts du Mont Sainte-Victoire qui déversent sur la toile toute leur sève, et le bleu insolent, le bleu arrogant, de Raoul Dufy. Et après Chicago, ils pourraient peut-être bien, hein?... la Chevrolet avait encore de la vie dans les tripes?... ça lui plairait, à Gabriel, d'aller jusqu'à New York?   Parce que ces toiles-là, il n'y a pas à dire, ça vaut le déplacement, des couleurs comme ça, c'est pas compliqué, c'est urgent, c'est vrai, c'est jouissif...

Excité par son ardeur, le garçon disait : «Oui, oui, Sarah, tout ce que tu voudras», en lui mangeant les lèvres, la langue, la bouche, même s'il se foutait éperdument de tous les styles, les écoles et les périodes bleu et rose dont elle ne cessait de parler, et même si, des couleurs, seules l'exaltaient le blanc de céruse des chairs cachées de Sarah, le rose dilaté de l'auréole de ses seins, l'outremer de ses yeux, le vermillon de toutes ses soies dérobées. Mais il y irait, à Chicago, il ramènerait Sarah vers son passé, la livrerait à ses grands maîtres, avec le sentiment magnanime de l'amoureux qui se tient coi pendant que sa bienaimée renoue en poussant des cris de ravissement avec d'anciens, de nostalgiques amants. Il lui avait dit que oui, ça lui plairait de partir avec elle. Histoire de se changer les idées, après tous ces murs blancs...

S'il avait été honnête, il lui aurait avoué que ce qui le tentait surtout dans ce projet de voyage, c'était de l'aimer, elle, sous d'autres cieux. Dans des hôtels de passage, avec au-delà des cloisons, la voix grondante des parents, le feulement des enfants sauvages, et eux deux, dans des draps étranges, se livrant avec délices aux impudences de leurs jeux. Ou sur les routes interminables de ce pays interminable, toutes les glaces baissées, la radio qui hurle, les cheveux de Sarah qui volent au vent, et son visage souriant, épanoui, ravi; et Sarah, là, à côté de lui, qui comble d'un geste de sa main la solitude des trop nombreux milles parcourus sans elle. Ou bien encore sous l'orage, quand la pluie tombe aveuglante et drue et la voiture arrêtée sur le bord du chemin attend l'éclaircie, l'odeur mouillée de leurs vêtements, de leurs bras, de leurs baisers, l'amour incommode sur un siège d'auto, et le sentiment d'être seuls au monde, les derniers habitants de la terre, oubliés dans l'exode des humains chassés par le vent et le déluge... Gabriel voulait promener son amour, le tenir dans le creux de sa main et le faire tournoyer au soleil. Il voulait lui voir le visage à la lumière d'un autre jour.

C'est au retour de New York, au Nouvel An, qu'il avait tout simplement oublié de rentrer chez lui. Ses effets, pour leur part, s'étaient déjà installés dans l'appartement du haut; petit à petit, ils avaient gravi les marches de l'escalier, repus peut-être de solitude, ou pétris du sentiment de leur incontournable nécessité, et s'étaient logés dans les tiroirs des commodes blanches de Sarah, dans les placards blancs de sa cuisine, sur les tablettes blanches de sa petite salle d'eau. Et ils avaient, de toute évidence, l'intention ferme d'y rester...

Pendant dix-huit mois, aucune ombre à leur bonheur. Entre le service, somme toute assez agréable, les randonnées dans la montagne, les repas copieux qu'ils se payaient parfois avec les copains, les après-midi de congé qu'ils passaient à parler, à lire, à aimer, le temps s'écoulait, mûr et doux comme un vin. Sarah avait repris le dessin; grâce à un cadeau de Gabriel, un carnet de croquis qu'il avait choisi avec tant d'hésitations parmi les albums de la papeterie du coin, elle s'était remise à faire des esquisses au crayon et à l'encre. De son torse de grand adolescent, de sa main, de son pied, de ses hanches nues. Et la session de pose se terminait dans une mêlée de corps qui n'avait rien à voir avec ces ébauches timides posées sur la page. Ils s'aimaient toujours vrai, et vigoureusement...

Ce fut à l'époque du tarot, quand Sarah s'improvisa tireuse de cartes - autre avatar dans la longue ligne de personnages esotériques qu'elle avait jusque-là incarnés - que la vie prit un nouveau pli. Elle exerçait sa divination dans un salon de thé du centre-ville, pas loin de l'hôtel de Gabriel, et la nuit, leur soirée faite, ils rentraient souvent ensemble. Parfois, exceptionnellement, il lui fallait faire des heures supplémentaires. Alors, il ne l'attendait pas; il prenait en toute hâte le chemin de l'appartement pour monter vite se coucher, dans l'anticipation d'un lendemain

passé dans la montagne. Un matin de grand soleil, alors
que la poudreuse s'annonçait impeccable, il n'avait pu se
décider à prendre ses skis et à partir, parce qu'elle n'était
pas rentrée. C'était la première fois qu'elle découchait; il
n'avait voulu croire ni à l'accident, ni à l'inconstance. Se
répétant comme pour s'en persuader que Sarah était une
grande fille, bien capable de s'occuper d'elle-même, il
s'était obligé à sortir de l'appartement et à se diriger du
côté des pistes... Les descentes avaient été ce jour-là d'un
raffinement prodigieux; Gabriel n'y avait goûté qu'à
moitié, si occupé était-il à se ronger les sangs. Quand, en
fin de journée, il avait regagné l'appartement avant de se
pointer à l'hôtel, Sarah y était. Inspiré par une sagesse qui
démentait son très jeune âge, il n'avait pas soufflé un mot
de l'aventure de la veille. Elle avait l'air heureuse, elle lui
était revenue, il n'en demandait pas plus. Mais lorsque le
manège s'était reproduit, une deuxième, puis une
troisième fois, il s'était juré d'apprendre où elle passait
ses nuits.

Un soir d'avril, elle lui avait annoncé qu'elle devait
travailler tard; une promotion pour un cercle d'investis-
seurs qui feraient appel, juste pour rire, à son talent de
voyante pour décider où placer leur argent. À une heure
du matin, Gabriel avait aperçu Sarah par la vitrine du
salon, encore à son poste. Il avait attendu, dans l'air
frisquet d'une nuit printanière, qu'elle rangeât ses cartes
et se glissât entre les businessmen émoustillés par le
bourbon et la promesse des grands succès, jusqu'à la porte
de sortie. Quand elle avait débouché dans la rue, il s'était
enfoncé dans l'ombre d'un porche, mais ne l'avait pas
quittée des yeux. Elle n'avait pas hésité, s'était dirigée avec
empressement vers le vieux quartier de la ville, section de
manufactures et d'usines désaffectés, de vastes entrepôts

et de taudis mal-éclairés, une région comme il en existe dans toutes les villes du continent américain, aussi inévitable que le chemin de fer et le chiendent. À la pensée que Sarah avait pris l'habitude de se rendre dans ces lieux si peu avenants, Gabriel avait senti l'angoisse lui tordre les boyaux. Il n'avait plus pensé à la suivre pour la découvrir et l'accuser, n'avait voulu que la protéger, lui mettre un bras autour des épaules et la guider vers la lumière des rues claires. Mais elle n'était pas allée loin... Arrivée devant la porte d'un garage surgi soudain au coin d'une ruelle, elle avait levé la main pour frapper. Au bout d'une minute, un flot de lumière aveuglante s'était répandu dans la ruelle et l'avait engouffrée. Gabriel, interdit, s'était avancé à son tour vers la porte, s'était arrêté, hésitant. Puis, se trouvant incapable de frapper, encore moins de partir, il s'était mis lentement à faire le tour du garage. Tout de suite, il avait vu à l'extrémité d'un pan de mur la petite fenêtre sale qu'il avait espéré trouver. Le nez contre le carreau, il avait jeté un regard à la fois avide et peureux à l'intérieur. L'éclairage était à ce point éblouissant qu'il n'avait d'abord rien vu. Un blanc de chaux recouvrait les cloisons, des rangées de lampes fixées au plafond illuminaient l'espace d'un feu intense. Dans un coin de la pièce, un établi aussi long que large était posé sur des tréteaux, et sur cette table de travail, on avait disposé des pots de peinture, des aquarelles, des tubes d'acrylique, de la térébenthine, et des cadres. Devant une toile immense, accrochée à même le mur, un homme, le pinceau à la main, était tourné tout entier vers Sarah et lui parlait en gesticulant. Celle-ci, assise sur un tabouret, sa robe noire de tzigane détonnant dans tout ce blanc, écoutait, les yeux tournés non pas vers la voix de l'homme, mais vers l'oeuvre de ses mains. Et dans son regard Gabriel avait lu

une si grande peur, un si grand désir. Il ne bougeait plus
de sa place, fixé comme par une aiguille à ce carreau de
vitre, à la fois soulagé et infiniment perplexe. Il n'arrivait
pas à saisir la nécessité de tout ce secret; comme si ce trafic
avec l'image n'était ni plus ni moins un acte criminel, une
honte, une perversion. Il regardait Sarah, plongée dans la
contemplation avide du travail de l'autre, son visage défait
par une adoration qu'il ne comprenait pas, une dévotion
bien trop intense, lui semblait-il, pour de simples couleurs.
Il était demeuré planté devant la fenêtre un long moment,
les yeux fixés sur le visage transporté de Sarah, et avait
fini par comprendre seulement une chose : que Sarah était
une femme traquée, que pendant les mois et les mois qu'il
avait vécu à ses côtés, il l'avait partagée à son insu avec
un autre - un bourreau, celui qu'elle avait cru noyer dans
l'eau de sa baignoire, celui qui n'avait cessé de la guetter,
de la harceler, de lui saccager ses nuits. Il ne savait pas
encore nommer ce qui la hantait, mais lorsque, beaucoup
plus tard, lui-même serait traqué, lorsque les images
auraient commencé à frayer leur chemin en lui, et à lui
emprunter sa voix, il saurait le reconnaître. Quand tout
serait fini - les tasses vidées, le pain partagé, la crasse
mitigée - quand le jour s'estomperait sous le poids de la
nuit et la vie roulerait, virerait vers le vide - quand il croirait
tout compte enfin rendu, alors là, sans s'annoncer, surgirait
l'impression déconcertante d'être attendu quelque part...

C'était le studio d'un enragé du Tarot. À sa table du
salon de thé, Sarah lui avait dit, avant même de retourner
le jeu de cartes qu'il venait de couper, qu'elle pouvait voir
chez lui une pièce toute spéciale, marquée d'une énergie
métaphysique, esthétique, spirituelle. Elle avait alors décrit
pour lui son atelier de travail - rudimentaire, austère,

illuminé, éclairé mieux qu'*à giorno* : enluminé. Michael s'était écrié d'étonnement, l'avait suppliée de l'accompagner à son garage transformé et, découvrant alors l'artiste dans la diseuse de bonne aventure, avait mis à sa disposition une cotte barbouillée... Gabriel ne rencontra Michael qu'une seule, et dernière, fois. Voulant surprendre Sarah à l'oeuvre sur un tableau, il l'avait surprise plutôt à échanger avec Michael des regards sur lesquels on ne pouvait se méprendre. Quand il avait exprimé son désir de rester un moment et de les regarder travailler, Sarah avait ri et lui avait ébouriffé les cheveux d'un coup de sa main. Comme on fait avec un gosse lorsqu'on lui dit adieu...

Prétextant son rendez-vous avec la mer, Gabriel avait quitté la montagne et repris le chemin du sud. Mais avant de partir, il avait fait un tour chez le libraire et, mine de rien, s'était acheté, parce qu'il était beau, un cahier blanc et bleu marbré.

Chapitre III

Jackie deVries promenait Lebris, son bouvier des Flandres fauve, dans les rues étroites de La Villa Real de Santa Fe, en songeant à Tanger : les maisons blanches sur la colline, les jeunes berbères dans le souk, le thé à la menthe chez Max, et derrière la crête de l'Atlas, les sables chatoyants du Sahara. Avant d'aller au Maroc cependant, il irait revoir Londres et Paris, Amsterdam et Anvers, et tous les vieux copains du Beurs voor Diamanthandel. Peut-être glissés dans la douce folie de la sénescence, obsédés par leurs entrailles, leurs doigts blancs de marchands de diamants virés maintenant au jaune. Il irait tout de même les voir; s'asseoir avec eux sur les terrasses, vider des verres de fine, chercher dans le bleu laiteux de leurs yeux de faïence la trace des souvenirs. Trois ou quatre mois, peut-être plus, le temps qu'il fallait y mettre pour dire comme il faut «au revoir». Et puis, à la fin, avant de rentrer et de l'attendre, l'Autre, la Grande, Celle qui console, il irait prendre un thé à Tanger. Max enfilerait son burnous, Jackie sa djellaba et, ensemble, dans le vent chaud des sables, ils pénétreraient dans les dédales grouillants d'arômes et de petites vies sales des médinas... Le souvenir sourdait comme une pointe d'angoisse, comme un mal du pays que, curieusement, l'évocation du veldt dans le Transvaal, ces steppes de son enfance, ne savait plus éveiller. C'est que l'ami Max n'y était pas, à Pretoria, et la ville perdait par conséquent tout son quotient nostalgique.

Pour la deuxième fois en autant de jours, Lebris s'était arrêté pour pisser sur le pneu arrière d'une vieille Chevrolet bleue. DeVries avait pris le temps, cette fois, de remarquer la plaque d'immatriculation étrangère et le fouillis de vêtements et de restes de nourriture qui encombrait le siège arrière de la voiture. Encore un autre qui s'amusait à jouer au bohémien. Comme si se laisser pousser les cheveux, fumer, boire et baiser jusqu'à l'écoeurement, halluciner, désespérer et contester suffisaient pour s'inventer artiste... DeVries avait haussé les épaules : encore un autre qui se prenait pour Sal Paradise... Et il avait tiré sur la laisse de Lebris pour l'entraîner vers le parc en face.

Il n'était pas encore passé sous l'ombre des arbres que déjà un scrupule lui harcelait la conscience. Encore un peu, et il se traitait d'hypocrite. Et lui alors, l'imposteur, qu'est-ce qu'il irait faire à Tanger? Habillé dans les vêtements d'un autre comme un déshérité de la terre, mal rasé et à jeun, il s'installerait dans la petite salle de séjour de Max et parlerait avec lui de jazz et de poésie : un idéaliste improvisé, un pseudo-pauvre, un faux spirituel. Mais Max l'accepterait comme semblable, lui pardonnerait ses millions, son corps matériel, ses nourritures terrestres, et pour un moment l'abîme à ses pieds se comblerait, la route s'allongerait longue et belle devant lui, et la vie aurait dans sa bouche, comme lorsqu'il avait vingt ans, un goût d'éternité.

Le chien ne revenait pas; deVries s'était impatienté, avait voulu reprendre la promenade et Lebris, contre son habitude, ne répondait toujours pas à l'appel de son maître. Celui-ci avait sifflé plusieurs fois, avait semé des «Lebris. Ici, Lebris!» dans le vent sec, mais le chien ne se montrait toujours pas. Il s'était mis à sa recherche, avait fouillé les buissons, contourné les arbres, quitté les sentiers de sable rouge pour gagner les espaces ouverts. Il l'avait enfin vu, couché à côté d'un garçon qui, lui, était accoté à un tronc d'arbre, un cornet de glace à la main. Le chien avait le museau couvert de crème à la vanille, et les yeux effarouchés du grand coupable; il n'avait pas levé la tête à l'approche de son maître mais s'était mis à lécher les mains de l'autre avec une sorte de frénésie. DeVries avait eu envie de le fouetter avec un bout de laisse, mais le sourire du garçon l'avait désarmé.

— Tu lui parles en français, à ton chien?

Personne, jamais, ne s'était adressé à deVries en français à Santa Fe. Il avait ouvert de grands yeux sous la broussaille blanche de ses sourcils puis, se resaisissant aussitôt, il avait souri :

— C'est normal : il est belge.

— Il s'appelle comment, encore?

— Lebris.

— C'est un drôle de nom pour un chien.

— C'est en souvenir de quelqu'un : un monsieur qui s'appelait Jean-Louis Lebris de Kerouac.

— Tu n'es pas d'ici.

— Moi, si. Mais pas vous.

— Je viens du Nord.

Gabriel avait pointé du doigt.

— Ah bon. Du Canada. La voiture vous appartient donc.

Il avait indiqué la rue d'un geste de la tête : «Vous allez loin?»

— J'sais pas. Peut-être. Le Mexique, peut-être.

— Vous voulez voir du pays...

— La mer, surtout. J'ai envie de voir la mer.

Lebris s'attaquait maintenant au visage de Gabriel. Celui-ci le repoussait en riant; il roulait dans l'herbe et s'enfouissait la tête dans les bras pour éviter la grande langue de la bête.

— Lebris. Couché.

Mais le chien n'écoutait pas.

— Vous avez un effet manifestement subversif sur les animaux. Ça vous arrive souvent de détourner les bêtes des autres?

— Connais pas ça, les animaux. On en a jamais eu, à la maison. À part mes frères, bien sûr...

Il avait attrapé le chien dans le pli de son bras et l'avait renversé dans l'herbe à côté de lui. Il lui flattait la poitrine, caressait l'étoile blanche qui lui fendait le poil comme une tache de sang blanc. Puis, sans se tourner vers deVries qui suivait toujours, comme fasciné, la main dans le pelage fauve :

— T'as un drôle d'accent; où t'as pris ça?

— Oh, en Belgique, et en Afrique du Nord. J'ai des amis là-bas. Qui parlent tous comme moi, imaginez-vous donc.

— Hé! Jusqu'en Afrique, mon vieux! Quand t'as eu le goût
de sacrer ton camp, c'était pas des farces, hein?... Moi aussi,
quand j'en avais plein le casque, j'ai pris le bord, mais dans
la Chevrolet. C'est commode, quand même, les nuits qu'on
dort dehors...
DeVries regardait son chien, la langue pendante, les yeux
vitrés, en extase...

— Vous vous y connaissez.
Il avait indiqué Lebris d'un coup de menton.

— Suffit, il me semble, de les aimer. C't'un peu comme
les enfants, hein?
DeVries n'avait rien dit un moment, songeur. S'était enfin
décidé :

— Puis la mer; c'est pour bientôt?

— Peut-être ben que oui, peut-être ben que non.

— Elle peut encore attendre?

— ...

C'est ainsi qu'ils s'étaient entendus : Gabriel
s'occuperait du chien et de la maison de Jackie deVries
pendant que celui-ci irait dire adieu aux copains. Gabriel
avait voulu lui montrer ses papiers tous bien en règle, et
les références du gérant de l'hôtel dans la montagne, mais
Jackie lui avait dit que ce n'était pas nécessaire; il se fiait à
son intuition. Lebris serait infiniment mieux chez lui
qu'au chenil, et pour ce qu'il en était de la maison, et bien,
il valait mieux qu'elle serve d'abri à quelqu'un que de
passer ses jours à accumuler le silence et la poussière...
C'était une maison comme le garçon n'aurait pu en
imaginer, lui qui ne connaissait que les pièces sombres de
vieilles bicoques mal perchées : une maison toute faite de
vitres et de verdure et, dans le jardin, des fontaines et des
bassins d'eau, des arbres de Josué, des yuccas, des aloès

géants, des welwitschia aux tentacules géantes. Il avait regardé ces panicules de fleurs saugrenues et ces algues, ces évadées de la mer, venues par folie ou par mégarde s'enraciner dans les sables du désert, puis avait levé les yeux sur les montagnes qui fermaient l'horizon, sur ce Sangre de Cristo qu'étanchait le linceul bleu du ciel. Le paysage lui avait semblé si insolite, si radicalement différent de tout ce qu'il avait connu jusque-là. C'était la face cachée de la lune, l'éden perdu et retrouvé, l'Avalon ou l'Arcadie, c'était un monde englouti, c'était une étoile déchue, c'était l'envers, le lointain, l'irréductible ailleurs. Il avait largement respiré, avait avalé un vent capiteux... Après avoir quitté son pays, il y avait de cela maintenant presque trois ans, il semblait à Gabriel que ce n'était que ce jour-là qu'il avait réussi à partir.

Ce fut le printemps des Indiens, des missions espagnoles, et des ruines aztèques. Ce fut, aussi, l'initiation au désert, et au miracle de l'eau. Ce fut surtout Lebris, le matin, le midi et le soir, sa grosse tête ébouriffée sur les genoux du garçon, son pelage rude, sa langue mouillée. Le chien ne le quittait jamais d'une semelle et, lorsque Gabriel rentrait d'une course, la bonne bête visitait tous les creux, les plis, et les poches de sa personne du bout de sa truffe noire. Lebris aimait parler, il possédait dans son répertoire, en plus des aboiements qui lui étaient propres, toute une série de gémissements, de couinements, et de soupirs qui faisaient à Gabriel l'effet de mots succincts, bien sûr, mais combien expressifs. Et il était par-dessus tout, ce Lebris, chien de garde extraordinaire... Un matin, lorsque l'été s'était franchement installé et l'aube ruisselait de rosée, le chien avait tressailli sur le lit, il avait levé la tête, pointé les oreilles, et fait entendre un grognement

sourd. Un animal, pensa Gabriel, un coyote descendu de
la colline à la recherche de quelque source. Il avait essayé
de retrouver le sommeil, mais Lebris ne voulait plus rien
savoir. Le chien s'était appliqué à le tirer du lit, il avait
sauté sur lui, lui avait fourré le museau dans la figure, en
jappant si fort, créant un tel raffut, qu'il avait été forcé
d'aller ouvrir. Sur les pierres plates de la terrasse, il y avait
un sac à dos, très vieux, très usé, et bourré jusqu'à la
gueule : des sangles de cuir retenaient à peine les vêtements, les livres et les poches à tabac qui en débordaient.
À une faible distance de la maison, un homme d'un certain
âge était debout sous les arbres, le regard tourné vers le
jardin. Lebris n'aboyait plus. Il faisait des ronds aux pieds
du visiteur, en gémissant doucement : un ami de la famille,
de toute évidence. Gabriel se frottait les yeux encore tout
pleins de sommeil quand l'homme s'était retourné et avait
demandé à voir deVries.

La première nuit, Max ne s'était pas couché. Décimant
la provision de Montecristo de deVries, se servant
librement de scotch et de bourbon, il avait travaillé
jusqu'aux petites heures du matin. De son lit, Gabriel
entendait parfois sa voix, levée soudain pour réciter une
phrase, pour en éprouver la sonorité, puis de nouveau, le
silence. Juste avant le lever du jour, Max s'était mis à réciter
des poèmes dans une langue étrangère; sa voix, forte,
résonante et manifestement soûle avait arraché Gabriel à
ses rêves et l'avait plongé dans une sorte d'exaltation.
L'autre récitait des vers, canto après canto, il s'interrompait
parfois pour expliquer, puis se remettait à psalmodier.
L'italien dans la bouche d'un Max complètement ivre était
d'une résonance riche et sensuelle, et l'histoire qu'il racontait sortait tout droit du monde précis et hallucinatoire

des cauchemars. Figé dans son lit, Gabriel écoutait, transi de peur et d'enchantement... Dante récitait toujours ses vers dans le salon de deVries, mais il commençait à escamoter ses mots, à tomber dans l'incohérence, et la voix tantôt si virile s'étiolait : le poète se laissait glisser dans la torpeur de l'ivresse. Gabriel, pour sa part, s'était accroché à une seule idée, à la curieuse épave qui s'était faufilée vers lui à la surface lisse de l'eau, mais n'avait pu s'empêcher de sombrer dans un sommeil profond... Le lendemain, même si tout le reste avait été oblitéré par la nuit, il n'avait pas oublié ce fait étrange et déconcertant : le poète de la *Commedia* avait eu comme muse une fillette de neuf ans.

Max lui avait encore beaucoup et longtemps parlé du florentin Alighieri; il lui avait récité des vers de Chaucer, de Milton et de Shakespeare, lui avait donné en héritage les images les plus fulgurantes de la poésie du vingtième siècle; il l'avait pris par le bras, et s'était tenu debout avec lui, comme deux enfants sur le seuil d'une grotte, d'une cathédrale, d'une forêt primordiale, à la porte de la vaste bibliothèque de Jackie deVries. Il lui avait montré ses propres pages de manuscrit, tirées du fond de son havresac, accepté d'en lire quelques-unes au cour d'une autre soirée - elle aussi copieusement arrosée de vin, pour le moral bien entendu, et pour le plaisir - initié son nouvel ami à l'art de rouler une cigarette d'une seule main, de lire les constellations, de préparer merguez et couscous, et pu accomplir toutes ces choses merveilleuses grâce à une dépêche parvenue à Gabriel, l'avertissant de l'arrivée imminente d'un ami et poète à qui il fallait, sous peine de mort, ouvrir tout grand les portes, les placards, et la cave à vin. Signée deVries.

Cinq mois, ils avaient vécu ensemble dans le paradis de Santa Fe. Sous la direction de Max, le garçon avait appris à lire. Mieux, il avait appris à s'ouvrir les sens, comme on dépouille une chair de la cuirasse de sa couenne. Pour laisser pénétrer les mots, pour empêcher qu'ils glissent, poisseux et indifférents, sur la peau des yeux. Max égrenait des images, des mots, des sons - les siens et ceux des autres avec qui il avait vécu dans une intimité plus profonde encore que celle qui lui avait été révélée dans le frôlement des corps - et Gabriel les recevait, comme une pluie, comme une manne, comme un feu parfois aussi, sur la plaie de ses sens nus.

Les journées sombraient les unes après les autres dans une mer de mots. Gabriel se perdait des heures entières dans les pages d'un recueil, allait de poème en poème comme on quitte une femme pour en retrouver une autre; il semblait soudain désincarné, n'ayant ni faim ni soif ni sommeil, vivant uniquement d'images. Max, lui, écrivait. Jusque tard dans la nuit, vidant la bouteille de rouge qui ne le quittait plus, fumant l'une après l'autre ses infectes cigarettes américaines. La maison en avait souffert, et le jardin. Lebris lui-même avait fini par perdre jusqu'au souvenir de ses randonnées dans la colline avec son jeune maître.

Pourtant, ce fut le chien qui avait rappelé Gabriel à la réalité. L'automne s'annonçait. Dans le ciel, des volées d'oiseaux migrateurs sillonnaient le crépuscule en répandant sur leur passage des cris angoissés. Le garçon avait reconnu les outardes du Nord. Une fois ou deux, il avait surpris des escadrilles de colverts et d'hirondelles, il lui avait semblé aussi entendre, de loin, très loin, le craquètement d'un essaim de grues. Ce fut peut-être ce

remous saisonnier qui avait éveillé chez Lebris le souvenir
du goût du sang, et le désir d'avoir dans la gueule un corps
chaud et palpitant; ce fut peut-être l'espoir d'attirer vers
la montagne un maître oublieux et négligent; ce fut peut-
être sa façon à lui, pauvre brute pétrie d'instincts et
d'impulsions obscures, de rendre hommage aux hommes
avec qui il partageait sa niche... Gabriel avait longtemps
cherché à comprendre. Mais il ne sut jamais ce qui avait
poussé le chien, dans ces derniers jours de septembre, à
se mettre à tuer...

Lebris avait d'abord rapporté un tamia rayé qu'il avait
déposé en trépignant de fierté aux pieds de son maître.
Celui-ci avait gémi de douleur en voyant la petite bête
toute froissée sur les pavés, un filet de sang sur son
museau. Il avait grondé Lebris, lui avait fourré le petit
cadavre sous la truffe en disant, «Non, non, méchant
chien», puis il avait ramassé le suisse avec une pelle et
était allé l'enterrer dans le sable sous les aloès. Le
lendemain, Lebris avait récidivé avec, cette fois, un grand
lièvre couleur d'argile, et à la vue de ses pattes superbes -
encore frémissantes - Gabriel avait senti monter en lui une
rage impuissante. Il avait enfermé le chien pendant trois
jours, mais le matin de sa délivrance, Lebris avait quitté le
jardin et s'était dirigé vers le désert, où il mit deux heures
à fouiner dans les cactus. Lorsqu'il était revenu en début
d'après-midi, un serpent corail lui pendait de la bouche
comme une deuxième langue, rouge et jaune, celle-ci, aux
yeux fendus et à la tête camuse. Il l'avait lâché pour aboyer,
et la vipère s'était écrasée sur la terrasse, un collier rutilant
tombé du cou d'une princesse. Gabriel s'était baissé pour
l'admirer, mais Lebris l'avait aussitôt reprise entre ses
crocs, l'avait lancée dans les airs, rattrapée, puis secouant
la tête en grognant, s'était mis à lui déchiqueter la chair.

Gabriel en avait eu le coeur tout renversé. Laissant là sur les pavés les restes du massacre, il était rentré dans la maison et avait annoncé à Max qu'il partirait le lendemain. On attendait le retour de deVries d'un jour à l'autre, la mer, d'encore si loin, exerçait sur le garçon repu de désert son influence irrésistible, et maintenant il y avait cette histoire d'un Lebris viré carnassier. Gabriel s'était senti vaguement responsable de la frénésie meurtrière du chien. Il croyait sincèrement que c'était pour lui que le bouvier chassait, que le carnage cesserait le jour où il quitterait la maison. La veille de son départ, Lebris était rentré avec une caille morte dans la gueule, et le matin, lorsque Gabriel chargeait sa voiture, c'est un pigeon qu'il avait rapporté, la gorge irisée coincée dans ses babines toutes tachetées de sang d'oiseau : la dernière image que le garçon emporterait avec lui. Il avait quitté Max et le paradis du désert, un poids lourd sur le coeur, s'accusant d'un péché qu'il regrettait amèrement mais dont il n'avait, curieusement, aucun souvenir.

Chapitre IV

Gabriel n'avait pas traîné longtemps dans les capitales du Sud-Ouest américain : elles avaient toutes au coeur un vortex de laideur dans lequel les itinérants comme lui pouvaient être attirés, puis avalés. De la ville frontière de Ciudad Juárez, il était vite descendu vers le Pacifique. Évitant les centres touristiques de la côte, il avait choisi de se réfugier plus au sud, dans une villa à la limite d'un village de pêche; d'abord, à cause de la jungle de bougainvilliers pourpres qui envahissaient la route qui menait à la mer, ensuite à cause du bruit soyeux de l'eau sur la blondeur du sable. Il s'était installé dans le dernier pavillon de la propriété, avait rangé ses jeans dans les armoires et ses sandales sous le lit, et sur les chaises bancales qui meublaient la salle de séjour, il avait empilé ses livres, ses cahiers de pages blanches, ses crayons et ses stylos. Ensuite, quittant le frais de la villa, il s'était glissé sous les frondes des palmiers pour aller regarder la mer.

Elle était sauvage à cet endroit. Ses lames venaient de loin, leurs crêtes écumeuses comme des gueules de dragon, leur dos irisé d'écailles. Elle venait s'écraser contre la saillie d'une grève taillée comme au couteau, contre une plage qu'elle-même avait sculptée à coup de dents. Le choc des eaux contre le sable faisait fuser des gerbes d'argent, faisait courir jusqu'aux pieds des troncs rugueux une mousse sibilante. Gabriel avait trouvé belles sa danse et sa lumière; il avait jubilé de la voir si déchaînée, jusqu'à ce qu'il reconnaisse dans le mouvement de ses vagues le corps énorme de la bête et le vaste grouillement de sa peau. La vision l'avait immobilisé, glacé jusqu'à la moelle. Même lorsque l'eau rampante lui avait léché les pieds, et qu'il l'avait découverte chaude et blanche et bruissante comme une robe chiffonnée, il avait eu peur. Le vent aussi avait fait monter en lui une sorte de terreur, tant il était, dans sa violence, si hypocritement tiède, si chargé de douces odeurs. En proie à une véritable panique, le garçon avait voulu s'enfuir. Mais se raisonnant, se maîtrisant avec peine, il s'était obligé à faire face à la mer. Elle l'avait convoqué si longtemps, cette eau verte; il était trop tard, maintenant, pour se dérober. Traversant la grève à grandes enjambées, il y avait pénétré, cherchant de ses pieds nus la roche et la coquille et, debout dans les vagues, il s'était laissé chavirer.

Cette nuit-la, Gabriel n'avait pas cherché à dormir. Penché sur la table de cuisine, la bouche et le nez encore tout pleins du goût de l'eau salée, le sang dans ses veines bercé encore par le ressac des vagues, il avait tenté de raconter la mer. Il était resté longtemps dans l'eau, l'avait laissé déferler sur sa tête, s'était cru noyé, ses poumons gonflés sous son coeur muet, ses cheveux à la surface comme des algues effrangées. Il s'était laissé emporter, vers le fond, vers le large, vers ce rivage contre lequel elle aurait pu le briser; comme un éclat de bois que le vent aurait chipé d'un arbre abattu ou d'une chaloupe fracassée et puis déposé au coeur d'une vague indifférente. Elle l'avait séduit, comme le silence nous séduit, et l'anéantissement. Dégagé enfin de son étreinte, il ne s'était pourtant pas éloigné. Assis tout près d'elle, il l'avait regardée se recouvrir de nuit. Il avait attendu que descende le noir, qu'il la pénètre, qu'il lui ravisse tout, tout, sans pour autant lui ravir la voix. Il l'avait longuement écoutée, et son chant en évoquant mille autres, il avait tenté de saisir celui qui se détachait de la clameur, et résonnant, se prolongeait en lui. Ce n'est que lorsque la lune avait enfin paru, une lune jaune et loucheuse qui tombait tout bêtement dans le jeu débile des vagues, et que la chaleur avait quitté d'un seul essor sa couche dans le sable, qu'il avait songé à regagner sa maison.

S'installant alors à la table de cuisine, il avait ouvert tout grand un premier cahier de pages blanches en faisant craquer sa reliure de carton. Il l'avait acheté, celui-ci - le bleu marbré - après avoir quitté Sarah et avant d'entrer chez deVries. Il l'avait acheté parce que le jour où il l'avait pris dans sa main comme ça, juste pour voir, dans le rayon de papeterie du libraire du coin, et s'était mis à feuilleter ses pages, il avait été ébranlé de le découvrir tout blanc, si passif et en attente, et l'avait immédiatement convoité. Il avait eu vaguement dans l'idée qu'un jour, il lui serait nécessaire de rompre le silence qui l'habitait. Son coeur muet, son âme réticente ressentiraient un beau matin le besoin de donner voix au monde qui tournait en lui. Les images qu'il accumulait depuis si longtemps, qu'il n'avait jamais pu exprimer - manque de volonté, faute de confiance - il pourrait leur donner vie, vie vraie, vie de surcroît.... Le cahier saurait attendre... Au fond des sacs et des valises, donc, traînant sur les sièges de l'auto, dans le lit parfois, sur la table du petit déjeuner entre le miel et les oranges, le cahier bleu marbré était apparu plus souvent qu'à son tour et par sa seule présence avait procuré à Gabriel la satisfaction de se savoir promis, dédié, irrévocablement destiné.

L'écume d'images qui affleurait en lui n'avait d'abord trouvé pour s'habiller que la langue molle de sa jeune enfance : des mots gluants d'affectivité, doucereux, des mots sortis tout chauds du giron maternel. Ils auraient pu suffire, à la limite, si Gabriel avait voulu s'en tenir à l'animal, à l'instinctif, en confiant à la page les traces qu'avait laissées en lui le chant primitif de la mer. Mais ce qu'il cherchait cette nuit-là n'avait rien à voir avec la chair languissante et l'âme en exil, ne voulait pas s'enliser dans le sang et le sel et la fécondité. Ce qu'il cherchait appelait, pour s'exprimer, une voix plus claire que celle de la mer, plus signifiante, et plus ordonnée. Il y avait une heure à peine, sous le couvert de la nuit, il avait tenté de démêler l'écheveau de fils dont son chant était tissé, avait imposé sur son informe caprice l'intelligence d'une trame humaine. Pour la traduire maintenant, la réinventer dans ces pages blanches, il savait qu'il lui faudrait des mots distants et froids, comme des outils auxquels ses mains ne seraient pas rompues, capables encore d'émerveiller par leur précision et leur rigueur. Dans les quelques lignes qu'il était parvenu à écrire cette première nuit, dans une autre langue que la sienne, il n'était plus question de décrire la mer, mais de la circonscrire, de la cerner. Il n'était plus question que de la subjuguer.

Juanita avait essayé tant bien que mal d'expliquer à Gabriel que son fils, Carlos, corrompu par un groupe de jeunes Américains, s'était enfui avec eux vers la grande ville et ne lui avait donné depuis aucun signe de vie. Pour sa part, elle était convaincue qu'il croupissait au fond d'un bagne insalubre, pour cause de vol, de meurtre ou de prostitution, et qu'elle ne le reverrait plus. Dans une poche de son tablier, elle gardait une dent de lait du garçon enveloppée dans un coin de mouchoir. Elle la plaçait, pour rire, dans un des nombreux espaces vides qui lui défaisaient le sourire. Puis, elle la remballait de nouveau, l'enfouissait au fond de sa poche, faisait le signe de la croix en exprimant le vif espoir de retrouver son fils avant l'arrivée des touristes. Il y avait tous les pavillons à rebadigeonner, et la piscine à nettoyer; une famille de tatous s'était noyée dans la citerne, un iguane moribond bouchait un trou d'égoût, au numéro *tres* des tuiles étaient tombées du toit, au *siete* l'éventail ne battait plus que d'une aile, et la corde à linge que Carlos lui avait retapée la veille de son départ s'était écrasée de nouveau par terre, et tous ses draps avec. Gabriel avait commencé par enterrer les bêtes mortes; puis il avait redressé la corde à linge, et vers midi, lorsqu'il mélangeait le lait de chaux et s'attaquait au premier pavillon, Juanita lui avait apporté un bol de *frijoles* et une *cerveza* et lui avait rendu dans une enveloppe le loyer de la semaine.

Il se levait à l'aube. Avant que la terre ne tourne assez pour incliner la jungle vers le soleil, il avait parcouru la plage d'un pas égal, il s'était baigné, s'était perdu un moment dans la contemplation de la face farouche de la jungle. Rentré de nouveau chez lui, il se penchait sur son cahier dans l'heure qui lui échouait entre l'orange du matin, et le pinceau, la brosse et le marteau de la *señora*.

À la sieste, il reprenait des petits bouts de lecture, feuilletait les livres que Max lui avait offerts le jour de son départ; il se laissait renverser par les rythmes et les mots, si justes, si pénétrants, qu'il en ressentait la douleur comme une blessure dans sa chair. Assommé enfin par la chaleur torride qui incendiait et le ciel et la terre, Gabriel s'assoupissait dans le hamac, un livre encore à la main, et derrière ses yeux, une dernière image qui s'estompait comme l'horizon dans la danse d'une mer brumeuse.

Le soir, il crevait ses ampoules à l'aide d'un fil et d'une aiguille, y versait de la tequila, puis reprenait dans ses doigts endoloris le crayon ou le stylo et se replongeait dans le texte qu'il avait composé à l'aube. Vivant pour ainsi dire en solitaire - Juanita était une ombre souriante qui habitait ailleurs, là-bas, en périphérie - Gabriel pouvait se livrer tout entier à la création de son monde intérieur, un monde composé d'éclats de lumière et d'odeurs fécondes. Ils se nichaient en lui, ces relents, ces rais, et ces fragments de forêt - ces morceaux d'univers qui ne signifiaient rien : couvés par lui, agissant en lui, ils se révélaient soudain imbus de sens. Au bout de quelques mois, lorsqu'il avait pris le temps de relire les pages qu'il avait noircies, il avait compris que, comme un temple dressé au coeur des tropiques sauvages, ou une pyramide façonnée par la main d'homme et disposée, fixée, comme ça, dans l'absurde luxuriance des plantes, ses mots, ses mots à lui, pouvaient maîtriser la terre et recréer la mer, pouvaient ordonner, pénétrer et enchanter la nuit.

Un jour, en rentrant de sa promenade matinale, Gabriel avait vu tous ses effets jetés en vrac devant la porte de sa maison, et à la colère que trahissait le désordre, au mépris, il avait reconnu la main de Carlos. Dans les remises de la villa, sur les établis où régnait une confusion violente, une anarchie enragée d'engins et d'outils, Gabriel avait appris à connaître le fils de la maison... C'était ce même Carlos redoutable qui, ce matin-là, l'attendait chez lui, le visage défait par la fureur. Il était debout sur le seuil de la porte, brandissant dans ses deux mains des bouteilles vides - témoins silencieux de maintes nuits bien arrosées - et en le voyant s'approcher, il s'était mis à l'injurier d'une voix stridente. Gabriel, sur qui les nuances des epithètes espagnoles étaient perdues, avait caché tant bien que mal son inquiétude. Mine de rien, il avait fait une inspection rapide du tas qui s'élevait à ses pieds dans l'espoir angoissé d'y trouver ses cahiers. Les découvrant intacts, il avait expliqué au Mexicain qu'il partait - quel hasard! - à l'instant même et, comme pour confirmer la sincérité de son intention, avait commencé immédiatement à charger le coffre de la Chevrolet. Puis, avec un sourire et un petit signe de la main à Carlos, il avait démarré sans prendre congé ni de la maison, ni de la plage, ni de la mer... Il était si soulagé de se retrouver enfin dans l'abri familier de sa voiture, qu'il avait mis un moment avant de se rendre compte qu'il partait vraiment - il se pouvait bien, définitivement. Il était passablement avancé sur la route des bougainvilliers quand il s'était avisé de jeter un dernier coup d'oeil sur le beau domaine qu'il avait entretenu pour la patronne. C'est à ce moment-là qu'il avait aperçu Juanita debout, raide, à côté d'un buisson de roses jaunes. Elle

tenait un mouchoir à sa bouche et tournait vers lui un
regard angoissé. Gabriel était descendu de l'auto et s'était
approché d'elle en secouant la tête et haussant les épaules.
Elle avait alors compris qu'il ne lui en voulait pas; levant
le front vers le ciel et fermant les yeux comme pour prier,
elle avait hoché la tête à son tour. De loin encore, à demi-
cachée par les plantes, elle lui avait baragouiné des adieux
en anglais, et des remerciements truffés d'adverbes
barbares, puis courant vers lui sur ses petites pattes brunes,
elle avait fait un geste pour le chasser. Allez, allez... Elle
indiquait en gesticulant la route qui attendait. Elle jetait
sans cesse des regards inquiets par-dessus son épaule et
sa bouche derrière le mouchoir ne cessait de travailler,
articulait des invocations silencieuses. Quand Gabriel avait
posé sa main sur le bras de la femme en guise d'adieu
puis s'était enfin glissé derrière le volant, Juanita avait
laissé tomber son mouchoir et fait voir son triste sourire
édenté. C'est avec une espèce d'horreur qu'il avait constaté
que, des quelques pauvres chicots de la femme, il en restait,
ce matin-là, un de moins. Il n'avait put s'empêcher de voir
aussi, qu'en faisant sauter la dent de sa mère, Carlos lui
avait en même temps fendu la lèvre. Une nausée s'était
emparée de Gabriel; il avait fermé les yeux et appuyé si
fort sur l'accélérateur qu'il avait fait tomber sur les
bougainvilliers, sur les roses, et sur la femme, une pluie
de poussière couleur de sang.

Gabriel avait hanté pendant quelques jours la *cantina*
du village. Il y avait fait la connaissance de Diego, un vieux
Mexicain, qui lui avait raconté ses aventures dans la *plaza
de toros* de Tijuana. Quand il lui avait confié son désir
d'assister à une *corrida* , Diego avait laissé tomber sur ses
yeux couleur de café de lourdes paupières de cuir. D'une

voix sourde, il lui avait expliqué qu'il avait travaillé comme *alguacile* jusqu'au jour où il avait appris, de la bouche d'un salaud qui s'était frotté les mains et rigolé en racontant l'histoire, que pendant la Révolution, on avait crucifié les femmes dans les arènes puis lâché sur elles les taureaux. C'était à partir de ce moment-là qu'il avait renoncé à la *corrida*, à sa poussière et à son sang, à son érotisme, à son trafic avec la mort...

C'est à la *cantina*, aussi, que l'aile de la nostalgie était revenue effleurer l'âme de Gabriel. Dans la porte de la taverne, il avait vu une fillette qui jouait avec un jeune tatou. Ses pieds étaient nus. De la cheville jusqu'au genou, ses jambes étaient recouvertes d'une fine poudre ocrée, poussière des routes et des champs chauves, qui, accrochée au duvet de sa jeune peau, l'enrobait comme une fourrure. Une petite bête sauvage, comme cette autre que Gabriel avait connue jadis, brune, aussi, et aussi farouche : la petite Camille Collard. En observant le profond recueillement de la fillette, la sorte d'adoration dans laquelle elle était plongée, contemplation qui anéantissait effectivement tout ce qui prenait forme, se mouvait, existait ailleurs que dans le creux de ses deux mains, Gabriel avait reconnu sa petite voisine de la rue Seine. Elle l'avait fait sourire, cet avatar de Camille qui, comme l'autre, avait les cheveux en bataille, la robe fripée, sale, déchirée, les fesses nues dans la poussière, les ongles noirs de terre, les dents petites, blanches et fines comme celles d'un chat. Il aurait voulu lui voir les yeux, question de découvrir si eux aussi recelaient dans leurs profondeurs ces étendues de ciel, ces images de plumes et d'ailes, cette soif éperdue du vent. Mais l'enfant mexicaine n'avait pas relevé la tête, et Gabriel avait dû se contenter du jeu de ses jeunes mains sur le corps blindé de la créature, de voir se confondre, sans distinction, téguments, corne, et phalanges, couleur de terre, poignante couleur animale...

En quittant la *cantina* , un soir, Gabriel avait rencontré Maliyel. Vers minuit, constatant que sa soif des premières heures avait fait place à une autre, il avait fait son chemin vers la mer. Assis dans le sable frais, il contemplait déjà depuis un bon moment la face grêlée de la lune lorsqu'il avait aperçu une jeune femme au bord de l'eau. Elle avait retiré ses chaussures et se promenait pieds nus dans le sable, son visage tourné vers les lumières vitrées des paquebots qui glissaient loin, là-bas, sur les eaux noires de l'horizon. Elle portait encore son costume et sa coiffe de serveuse d'hôtel, mais sa façon de se livrer au noir, au vent et à la mer, son air d'attendre quelque chose, et de languir, la trahissaient si parfaitement qu'il semblait à Gabriel que la jupe, les bas, et les dentelles étaient tombés quelque part derrière elle - une autre écume que celle de la mer - et que la fille était là, debout devant lui, toute nue dans le sable. Il avait d'abord attendu qu'elle s'approchât, puis était allé la rejoindre au bord de l'eau. Il lui avait tendu une cigarette, lui avait offert du feu; elle lui avait dit son nom. My name is Maliyel; Je m'appelle Maliyel; *Me llamo Maliyel*.

* * * *

Le temps était superbe. Comme pour narguer le naufrage de leur amour, le soleil brillait haut et sec sur une mer calme et profondément turquoise. Aucun vent ne venait troubler les palmiers, ou la voile des bateaux, ou la chevelure blonde des femmes sur la plage, et Maliyel maudissait la langueur insipide des jours. Elle voulait un ciel noir, boursouflé de nuages pleins de foudre et de ténèbres; elle voulait une mer déchaînée, une bourrasque violente et assassine; elle voulait que ces corps avachis sur la grève soient secoués de leur torpeur et dispersés par l'orage.

Gabriel ne rentrait plus la nuit après ses heures au bar; il restait assis au fond de la salle, pendant que Jaime le relayait au comptoir, et il cherchait elle ne savait plus quoi - quelle chimère, quel spectre, quel ange maléfique - dans la fumée bleue de ses cigarettes. Au début, il avait expliqué à Maliyel qu'on l'appelait; qu'une vision sortie de son passé l'interpellait et lui enjoignait de rentrer chez lui. Une grande inquiétude l'avait saisi lorsqu'il avait reconnu le visage de Camille; elle, si sauvage, si indépendante, ne l'aurait pas importuné pour peu de chose. C'était clair qu'elle était venue jusqu'à lui du fond d'une grande détresse. Et lui, lui s'en voudrait tous les jours de sa vie d'avoir refusé de lui porter secours. Il fallait qu'il rentre au pays : Camille l'attendait... Maliyel, bien sûr, n'en crut pas un mot. Un prétexte, cette jeune fille, une histoire fabriquée pour brouiller les pistes. Gabriel partait, elle en était convaincue, parce qu'elle-même ne lui inspirait plus rien qu'une profonde lassitude.

Le soir, en attendant son retour, elle rôdait d'une pièce à l'autre, allumait et éteignait la radio puis la télé; elle accumulait les mégots dans les cendriers, feuilletait d'une main distraite les livres qui traînaient un peu partout dans l'appartement, en choisissait un - les *Canciones* de Lorca, le plus souvent, ou les poèmes d'Octavio Paz - puis, elle se couchait et faisait semblant un moment de lire. Mais, comme toutes les nuits depuis que Gabriel lui avait annoncé son départ, Maliyel finissait pas laisser tomber le livre d'entre ses mains puis, se glissant entre les draps frais, tout imprégnés encore du parfum de leurs jeunes corps, elle fixait le plafond de ses yeux sombres et s'abandonnait au rêve.

Toujours le même, ce rêve dans lequel elle pénétrait, comme on entre chez soi, dans une maison dont toutes les pièces sont disposées selon un ordre qu'on a soi-même imposé, et où la lumière se répand sur le plancher dans des flaques consolantes, et les odeurs n'ont rien d'étonnant, une maison qu'elle-même avait construite de ses propres mains pour l'abriter contre les vents incertains de l'avenir : elle rentre le soir, un filet de provisions à la main; ses mollets brûlent, le corsage de sa robe lui colle dans le dos, sa tignasse de cheveux noirs lui pèse sur la nuque comme une paume charnue et moite. Elle attend sur le trottoir qu'un vide se fasse dans le défilé d'autos qui lui passe sous le nez en klaxonnant. Ça sent le diesel et le béton surchauffé; ça sent les fruits pourris et les fleurs éclatées, leur pollen éparpillé sur les pelouses comme par une main prodigue et obscène, leurs pétales épanouis jusqu'à la rupture, leur fragrance lourde et écoeurante. Comme tout d'ailleurs dans ce pays exagéré, ce pays de soleil excessif et de mer accaparante, cette terre d'intempérance et de démesure. Elle attend, debout sur l'épaule de la rue, sa tête aile de corbeau tournée vers le feu du ciel de fin d'après-midi, et elle cherche des yeux dans les volutes d'essence bleue que font danser les ondes de chaleur, l'espace, le hiatus dans le cortège de bagnoles, de taxis et d'autobus, qui lui permettra de traverser. Elle ne remarque pas la Chevrolet qui ralentit soudain dans le flot d'automobiles, qui pique à droite derrière elle et va se garer dans le stationnement d'un hôtel rose. Elle ne remarque pas non plus le garçon qui descend de la voiture et, appuyé sur la portière, la regarde un moment avant de l'appeler par son nom. Et puis elle l'entend; au-dessus du bruit des roues et des moteurs et des radios qui chantent à tue-tête, elle entend sa voix, elle se retourne et, malgré les pots de yaourt et les berlingots de lait qui lui martèlent les jambes, malgré ses pieds meurtris et sa tête qui tourne, elle se met à courir vers lui, ses cheveux maintenant légers dans le vent et l'effluve des volubilis, une douce exhalaison. Le garçon la prend dans ses bras ouverts, la soulève de terre dans une chaude étreinte et la tourne alors, doucement, tout doucement, vers la voiture qui ronronne, sa charge de valises bien en évidence sur le siège arrière. Devant les yeux ébahis de Maliyel, Gabriel rit, se penche vers elle et s'enfouit le visage dans ses cheveux. Il lui dit dans l'oreille entre deux baisers : «Viens, viens, je t'emmène avec moi.» Et Maliyel quitte la chaussée incandescente de cette ville factice, elle quitte la jungle, et quitte les sables, se blottit contre Gabriel qui lui, dessine avec sa Chevrolet un grand demi-cercle qui les lance vers le Nord. Alors commence le périple qui les emmènera vers les neiges, vers le chaste pays des saisons circonscrites et des cieux austères...

Ce rêve chaque soir, et chaque soir, avant que la Chevrolet ait franchi la première frontière, un bruit dans le couloir qui la ramenait dans la pénombre de sa chambre, dans le vide de son lit. Mais ce n'était jamais Gabriel à la porte de l'appartement, jamais Gabriel qui passait ainsi dans le corridor en fredonnant un petit air. C'était Salvatore, le concierge, qui maniait d'un geste lent et paresseux la serpillière sur les carreaux en balançant ses hanches et en traînant ses savates. Le vieux chantait toujours la même chanson, le même petit air moisi, tandis qu'à ses pieds, le balai de son eau faisait fuir les araignées et les cafards. Maliyel cachait son visage dans l'oreiller de Gabriel, elle respirait l'odeur du garçon qui déjà lui semblait plus floue, moins prononcée que la veille encore, et elle tâchait d'étouffer la chanson qui arrivait jusqu'à elle, claire et distincte, sous la porte et à travers la cloison. Elle ne voulait plus entendre ce petit air insignifiant qui résonnait dans le couloir tous les soirs de sa solitude comme la trame sonore de son chagrin. Il lui semblait que la mélodie si peu exigeante de la chanson, sa profonde monotonie, réflétaient à tout égard la langueur à laquelle elle-même avait succombé. Croyant peut-être comme l'homme à la vadrouille qu'il suffisait de chanter - peu importe la musique - pour que chanson se fasse, elle n'avait fourni qu'un modeste effort. Un mot de temps en temps, une présence mi-attentive, et son âme méridionale se rassasiait; la mer, le ciel impeccable lui ayant légué le reste. Mais Maliyel savait maintenant que cela n'avait pas suffi à Gabriel; qu'elle l'avait laissé sur sa faim, elle et son petit air fade. C'était pour cette raison qu'il lui tournait le dos, déjà, qu'il s'éloignait et se laissait glisser vers le large.

Mais Maliyel n'y était pour rien. Et pour la rassurer, pour dissiper toute jalousie, Gabriel avait fini par insister : Camille non plus. Au bout de sept ans d'errances, l'exilé se découvrait, ni plus ni moins, un petit mal du pays. Il s'agissait d'un hasard, ce visage de fillette profilé dans les vapeurs du bar; c'était l'ennui qui l'avait animé, un vague désir de rentrer au foyer. Gabriel s'était d'abord laissé emporter, il l'admettait, par cette vision insolite, avait cru, comme Maliyel d'ailleurs, à un phénomène psychique qui trahissait le lien puissant qui avait rattaché la petite et l'adolescent dans cette lointaine prairie de leur enfance. Et il était fort possible, en effet, qu'aujourd'hui elle se souvienne de lui, et qu'elle interroge la mémoire de cet

étrange garçon qui jadis hantait les berges de sa rivière.
Mais s'il rentrait au pays, ce n'était pas à cause de Camille,
ni, en fin de compte, à cause de Maliyel. Il rentrait au pays,
lui dit-il, tout simplement pour voir ce qu'était devenue
la rue de ses souvenirs.

Sans le savoir, Gabriel trompait Maliyel, et se trompait
tout autant lui-même. À la seule pensée du terrain vague
derrière la maison de son père, et de la petite Camille
cachée au beau milieu, abandonnée au vent et à la pluie, il
sentait monter en lui une agitation inusitée de grandes
ailes d'oiseau, comme un battement, près du coeur. Une
agitation qui lui rappelait celle qu'il connaissait lorsque,
au hasard des pages, il tombait sur une image
bouleversante, celle qui l'empoignait quand, la nuit, seul
avec son cahier, il se risquait dans l'intimité des mots. Il
n'aurait pas pu l'expliquer à Maliyel, encore moins à lui-
même, mais il lui semblait que dans l'univers de Camille
- dans ses colombes, son champ, son ciel, ses yeux de
sauvageonne - se retrouvait, intact et tout en puissance,
son univers à lui. Pendant trop longtemps, il avait vécu
parmi des images étrangères; avait essayé, comme on
enfile un chandail ou un nouveau veston, une version
renversée du monde, avait ajusté ses yeux, ses mains et
tous ses sens aux couleurs et aux odeurs d'une vie
empruntée. Maintenant, presque trop tard, il avait beau
essayer, il ne pouvait plus évoquer la face des choses
qu'enfant, il avait si bien connues. Le givre, par exemple,
sur la fenêtre de la cuisine les matins de janvier. Ou le
bruit de la neige sous les bottes; l'odeur des foulards de
laine mouillés par la chaleur du souffle; le chant des
rouges-gorges et des geais bleus, l'été; et l'automne, le
jaune des feuilles de bouleau. Lorsqu'il pensait au champ

d'herbe folle qui séparait les maisons rue Seine de la rivière, une pointe d'angoisse lui serrait le coeur. Et si on avait, dans ces sept années écoulées, abattu tous les ormeaux et les érables, si on avait déraciné les chênes nains et les buissons, détruit les taudis de pauvres qui s'y étaient nichés, et reconstruit à coups de marteaux et de scies de nouvelles demeures en stuc et en béton qui ne souffriraient plus les hirondelles sous leurs gouttières ou le roucoulement des pigeons sur leurs toits? Une hâte urgente s'emparait alors de lui, un désir violent de partir. Il ne ressentait aucun remords à la pensée qu'il quittait peut-être à jamais la mer, la jungle et Maliyel. Maliyel. Il n'avait même jamais songé à la possibilité de l'emmener avec lui. Elle ne figurait pas dans le paysage vers lequel il se ruait avec tant d'avidité. Maliyel dans les neiges, c'était tout simplement absurde. Maliyel sans la mer, absolument impossible. Mais il y avait plus. Il y avait, à part ce désir de laisser intacte la symétrie des choses, une nouvelle volonté qui, depuis peu, se frayait un chemin en lui. Il aurait eu du mal à l'exprimer - elle était à ce point obscure - mais déjà il savait, sans l'ombre d'un doute, que lorsqu'il retournerait parmi les siens, ce serait seul. C'était seul qu'il voulait rentrer chez lui, afin de pouvoir repartir de nouveau, sans entrave, sans arrière-pensée, et entreprendre une autre sorte de voyage. Et la petite Camille Collard, avec ses essors et ses envolées, était devenue dans l'imagination de Gabriel l'emblème et la figure de proue de ce nouveau départ.

À la frontière, à cause de ses cheveux longs, on lâcha sur lui les chiens. Ils avaient les yeux tendres, et le manteau reluisant. Gabriel, songeant à Lebris, se promit de s'en trouver un beau, là-bas, au Canada. Il avait hâte de le voir bondir dans la neige, son pelage détonnant dans le paysage blanc, son souffle un nuage au bout de son museau... Puis, il traversa d'un seul trait les États-Unis, nuit et jour au volant, ne s'arrêtant que pour manger et refaire le plein. Dans les champs, on entamait la récolte. Le blé tombait en rangs dorés sous l'assaut des machines, et ça sentait l'herbe froissée et le froment. Une deuxième frontière, le soir, et il sut au prolongement du crépuscule, à la pénombre gris perle qui s'attardait, qu'il était arrivé sous un ciel boréal. Il suivit le chemin sans hésiter, le grand fleuve de béton qui, montant du sud, se frayait un passage jusqu'au coeur de la ville. Du centre, il vira de nouveau vers l'est, traversa la rivière et, empruntant les allées tranquilles du mois d'août, arriva jusqu'à la rue Seine. Il gara la voiture, non pas devant le vide qui avait été la maison de son père, mais devant celle des Collard. Et il vit qu'il n'y avait plus personne, que ses fenêtres étaient couvertes de planches, ses portes barricadées, ses lucarnes clouées contre le vent. Et tous ses oiseaux envolés.

Camille

Chapitre V

Au début, maman m'appelait sa princesse sauvage. (Exotique, s'entend, naturelle, vraie...) Elle me trouvait si mignonne avec ma couronne de pissenlits et mes colliers de marguerites. Elle s'exclamait - étonnée, déroutée - devant le hâle doré de ma peau de bébé. Elle frissonnait d'émerveillement à la vue des chenilles et des coccinelles que je portais amoureusement au creux de mes mains. Au début, je quittais mes champs à la course pour lui montrer ce que je venais de déterrer, ou de capturer dans la cage de mes doigts, et elle faisait chaque fois une moue dégoûtée qui me ravissait. Mais bientôt, il y eut trop à voir dans le terrain vague; je me rendis compte que je perdais un temps fou à faire la navette ainsi entre ma cabane de joncs et la cuisine de maman, que pendant qu'elle trépignait d'horreur devant la poignée de vers qui se tortillaient dans mes mains, ou le campagnol mort couvert d'asticots, je ratais de belles occasions dans les sous-bois de la rivière. C'est à l'époque où je quittais très tôt la maison, un casse-croûte dans ma petite besace, pour ne revenir qu'à la tombée du jour, les cheveux en bataille, mes vêtements déchirés, et la crasse de la prairie dans tous les plis de mon corps, qu'elle se mit à m'appeler sa sauvageonne. (Un mot tendre, ça, bien féminin : une petite bête mal apprivoisée.) Ce n'est que lorsque je cessai de lui parler, que je me mis à répondre à ses questions par des grognements et des petits bruits inarticulés, que je refusai de me peigner ou de manger dans une assiette, qu'elle finit par m'appeller sa sauvagesse. (Un peu plus fort, celui-là, presque bestial : rude, grossier, inculte.) Mais, elle eut beau m'appeler par tous les noms, je refusais chaque fois de lui répondre. Quand j'entendais sa voix fluette sur le vent de ma prairie, je ne donnais aucun signe de vie, me glissais plutôt dans le plus dense de ma forêt.

Maman n'insista pas; voulut bien croire, j'imagine, que ça se passerait, comme les crises de colère, ou les fièvres, ou les cauchemars de mes jeunes nuits. Elle accepta donc d'y mettre le temps que ça prendrait et, en attendant, elle me confia volontiers à la rivière, à la plaine et à l'orage. Moi, je ne demandais pas mieux : le seuil de la porte aussitôt franchi, j'oubliais jusqu'à l'existence des autres et de leurs dérisoires abris. Je m'étais fait un monde dans la prairie du terrain vague, un éden duquel aucune épée ardente n'aurait pu me bannir. Je le possédais. Tapie dans les hautes herbes ondoyantes, je m'y abandonnais. Il faisait si chaud là, près de la terre, et si bon; tout était doré, tout respirait le soleil, tout bruissait et ruisselait du petit chant du bord de l'eau. Les odeurs montaient de la rivière : je pouvais sentir l'eau, la goûter, je pouvais sentir les racines, les joncs, les roseaux fichés dans la boue grise de la berge affaissée. Tout près, à mon tour je m'affaissais, séduite par la terre noire, par la volupté de sa chaleur sur mes os d'oiseau, sur ma maigre chair... Le soir, dans le bain, ma mère s'écriait à la vue des égratignures sur la peau de mon dos, de ma nuque, de mes mollets, ma peau ravagée par les griffes de l'été. Moi, je n'en avais cure. Les bras étendus sur la face du sol, je m'enfonçais les doigts dans la terre, je m'en gorgeais les ongles, je mêlais à mes cheveux sa paille coriace et son bouquet moisi.

Bien sûr que j'entendais ma mère et Amandine qui m'appelaient de l'orée de la prairie. Mais, occupée à apprivoiser un lapin trop farouche, ou à écouter les dents du chat sur quelque petit os, ou à prendre dans mes mains les corps longs et langoureux des froids lombrics roses, je ne répondais pas. Je les voyais aussi, à travers le trellis des herbes, arpentant la lisière du champ comme on doit se promener au bord de la mer. La main en visière, n'osant point s'aventurer dans les flots de peur de se faire emporter... Je rampais alors comme une couleuvre, épousant d'un mouvement fluide les configurations du terrain, ma présence trahie que par le léger balancement des longues tiges d'herbe.

Pourtant, elle était douce, maman, et belle. Comme Berthe de la Roche, des contes wallons. «D'une beauté merveilleuse.... Elle était grande et svelte, avec de longs cheveux blonds et de grands yeux d'un bleu tendre. Sa douceur, sa bonté pour ses serviteurs et pour les pauvres gens étaient louées dans tout le pays.» Même aujourd'hui, je me souviens des formules du conte; soir après soir, maman leur était restée fidèle, n'en avait perdu aucun mot.

«Berthe était comme un rayon de soleil qui les réchauffait. Sa beauté était vantée au loin et tous les jeunes nobles de la contrée affluaient au vieux manoir, dans l'espoir de la conquérir. Mais son coeur restait balloté entre tant de prétendants et elle ne pouvait se décider d'en choisir un pour époux.»

Maman, elle, avait su choisir. Envers et contre tout. Elle avait quitté père et mère et, avec son bel étranger, s'était embarquée pour de nouveaux rivages. Elle avait longuement pleuré sa bruyère, ses genêts, ses prés parsemés d'orchies, ses landes et ses halliers; mais éprise d'un amour fou pour son mari, mon père, ne voulant pas le contrarier, elle s'était résolue à faire de ce pays de neige et de froidure un nouveau namurois. Elle le repeupla de nutons et de macrales, elle y inventa des chaumières en torchis et des châteaux, elle fit revivre des diables aux yeux brillants. Elle remplit nos nuits, à moi et à Amandine, des légendes de son pays, de Bérimesnil, de Saint Macrawe, de ce Burdinal, surtout, le chevalier à la sombre armure qui surgissait lors des tournois pour punir le félon et châtier l'indigne. J'y croyais à ce Burdinal, et à un Satan maigre, au menton orné d'une barbiche en pointe, aux yeux comme des braises ardentes. J'y croyais aussi ferme qu'aux mille-pattes que je laissais grouiller dans le creux de mes mains, à l'eau froide de la rivière qui me cinglait les chevilles... Le jour, je sondais de tous mes sens les secrets du royaume vert; je me laissais pénétrer par l'odeur et la chaleur et la chanson de la terre. Le soir, en écoutant ma mère, je prenais possession d'un tout autre univers - fabuleux, celui-ci - fait de peur et de désir, de chimère et de prodige. J'étais une enfant écartelée, divisée, à la fois païenne et pèlerin; j'habitais en même temps le monde sensible de la nature et celui, sacré, de l'imagination. Corps et âme nourris, donc, gavés, repus...

De mon père, je ne me souviens guère. Il était souvent absent et, lorsqu'il rentrait à la maison, j'entendais depuis ma plaine le roulement guttural de ses mots, comme le tonnerre lointain sur la prairie immobile. Quand il arrivait, maman m'extirpait de la vase de la rivière, me débusquait de mon terrier, faisait taire les chansons d'Amandine et, sans même un petit bout de conte, sans Jean de Berneau ou Midone de Bioul, nous expédiait au lit. Pendant que, de la chambre à l'étage, nous écoutions le doux murmure de leur voix, leurs éclats de rire, le cliquetis de leurs bouteilles, Amandine, d'un bruit susurrant, s'employait à me remplir la tête d'images abominables. Du corps hirsute de mon père contre la peau laiteuse de ma maman, la tête noire, la bouche rude sur ses seins, sur son ventre, dans son cou, les mains dures sur le velours de ses cuisses. Et je la laissais parler. Au fil des images, tout se confondait dans mon esprit : sur des rives qui fleuraient la menthe et le serpolet, un rat éventré gisait; dans leurs galeries, les taupes à la fourrure soyeuse aveuglaient les vermisseaux; sous les pierres chauffées par le soleil, des larves blanches fourmillaient. Des plumes dans la fange, une écume jaune sur l'eau, une bête, un ange, une queue, des ailes. Il me semblait alors avoir deviné, il y avait longtemps, les cornes sous l'auréole et, sous l'ourlet de l'aube, la pointe du sabot. J'étais sûre d'avoir tout compris. Rien ne me répugnait. Tout, dans ma bouche, avait un goût de sang, de sel et de soleil... À moi, vie pullulante, parfum et pourriture; je voulais m'y vautrer comme un enfant dans l'été.

Puis un jour, mon père partit et je ne l'ai plus revu. Avant de se laisser dépérir, ma mère cria au viol, à l'infraction des lois humaines, ou celles - divines - de l'amour, promit de se venger, d'arracher à l'inconnue ses yeux parme, de balafrer son visage poudré d'un coup de griffe. Elle marcha de long en large dans ma prairie, elle perturba mon royaume de ses larmes et de ses sanglots, foula du pied mes taupinières, se moqua éperdument de la timidité de mes salamandres. Je cherchai en vain un secours... Maman ne s'était liée d'amitié avec aucune ménagère du quartier, avait évité de parler à ces braves femmes, de composer, comme elle le disait, avec l'engeance. Je ne comprends toujours pas ce qui, chez nos voisines, l'avait à ce point répugnée. Leur accent, il est vrai, était large; elles s'interpellaient l'une l'autre dans une langue grosse, grasse et laconique qui sentait bon la campagne et le pain de ménage. Leurs tabliers étaient fleuris, leurs bigoudis roses et les pieds dans leurs savates étaient nus été comme hiver. Les enfants, chez elles, abondaient. Les ventres foisonnants se bombaient sous les manteaux au printemps et les cordes à linge ployaient sous le fardeau des couches grises et des serviettes de bain effilochées. Partout chez elles, ça sentait la bettrave et le chou; leurs mains enflées dégageaient en permanence une odeur de pelure d'oignon; leur crâne reluisait sous les frisettes en queue de cochon et leur poitrine était ample, et molle, et rassurante.

Moi, je les aimais, ces femmes du quartier, mais - je ne me faisais pas d'illusion - elles ne pouvaient rien pour maman.

Et l'arrivée du Burdinal se faisait attendre... Je savais qu'il n'aurait avec lui ni coursier, ni armure; ne porterait, bien sûr, ni lance, ni écu, ni haubert. Il arriverait comme ça, devant la maison, habillé tout simplement en livreur d'épicerie ou commis-voyageur, emmènerait ma mère avec lui et irait là-bas venger son honneur. Je lorgnais la route des heures durant ces jours-là, guettant la venue du preux chevalier; je l'appelais, je l'implorais, mais il n'y avait à l'horizon que le jeune Gabriel. Il hantait la rivière lui aussi, savait ce qui se passait dans ma prairie, mais - je le devinai à son regard angoissé - son heure n'était pas encore venue. Il restait debout sur les franges de la plaine, m'observant de son air complice, et je compris que, si maintenant il ne pouvait rien, plus tard, il saurait agir.

Maman se laissait mourir. Calfeutrée dans son lit, elle ne touchait ni au pain, ni au vin, et passait ses jours à se polir les os. Je me souviens de la crête saillante de ses sourcils, de l'angle sévère de sa mâchoire, de la fragilité de ses tempes. Un crâne, un squelette que laissait transparaître une peau diaphane. Il me semblait que, sur la carte de son corps, il m'aurait été possible de choisir - au niveau du poignet, disons - le bleu d'une veine et de remonter le trajet de son parcours, sous la transparence de l'avant-bras, dans le pli sec du coude, dans le duvet de son aisselle, et relevant discrètement la chemise de nuit blanche sur la poitrine affaissée, j'aurais découvert là, sous l'auréole de son sein, le fruit palpitant de son coeur. Elle était devenue si claire, si parfaitement translucide.

Quand Léopold arriva enfin, il était déjà trop tard; elle ne le reconnut pas. Ce père qu'elle avait réclamé pendant des jours et des jours, se redressant dans son lit pour crier son nom avec les derniers vestiges de sa force, celui-là même, lorsqu'il quitta son namurois en réponse à son appel, se fit dire de s'en aller; elle n'en voulait pas de ses asperges à la crème. Léopold resta quand même, et avec lui, sa Joséphine; Amandine ne rentra plus les soirs et moi, je ne quittai plus ma plaine.

Maman trépassa peu après, à midi juste. Joséphine était à la cuisine, en train de préparer une soupe aux navets, Léopold réparait un carreau brisé. C'est la senteur du chou de Siam et de l'étoupe qu'ils apportèrent donc à son chevet, dérangeant ainsi la symétrie inodore de sa poussière. Des cendres, pas mieux, une poignée de sable blond... Grand-mère nous reprocha longtemps de l'avoir laissée mourir seule. Comme un chien, insista-t-elle; mais moi, je savais que si jamais on me donnait un chien, ce serait entre mes bras, sa tête sur mes genoux, qu'il mourrait. Elle avait tort, Joséphine, et ses reproches ne me pesèrent plus.

Léopold voulait vendre la maison de ma mère et nous ramener, nous les princesses sauvages, avec lui sur les bords de la Sambre. Il s'appliqua donc à réparer la vieille bicoque dégingandée. Armé d'une scie et d'un marteau, des outils qu'avec son air charmant d'Européen vaguement dépaysé, il parvenait à emprunter aux voisins, il se mit à la besogne : à refixer les marches du perron, à extraire comme des dents cariées les planches de bois pourri, à équerrer les portes, les chambranles et les plinthes, à reclouer sur la couverture les bardeaux détachés, bref, à soutirer des ruines la scène d'anciennes amours.

Le martèlement incessant dévasta ma paix. Tous ces clous, ces lames de scies, ces ciseaux d'acier répandaient sur ma prairie un goût de métal qui me vrillait les tempes. Allongée contre le sol, mon corps poreux comme une éponge, j'absorbais jusque dans les ventricules de mon coeur les coups qu'assenait Léopold sur les parois de la maison. Les hirondelles ne rasaient plus les herbes de ma plaine, les crapauds se figeaient dans la bourbe et les libellules que j'emprisonnais entre mes mains battaient fièvreusement des ailes. Je souhaitais qu'il meure, Léopold, ou qu'il rentre dans son pays, lui, ses vis et ses rabots. D'ailleurs, je lui devais peu, à ce grand-père qui ne ressemblait en rien à la femme qu'on avait mise en terre. Joséphine, si : la forme de ses yeux, et quand elle pleurait, jusqu'à la couleur. Mais lui, trappu, chauve, bedonnant, ne portait ni aux mains, ni dans la voix, la moindre trace de ma maman. Dans son regard, il y avait un éclair, une lueur frénétique que, jusque-là, je n'avais jamais vue. Longtemps, je n'ai pu lui mettre un nom, à cette fulguration des yeux, ce subit éclairage qui, sans crier gare, me fichait la trouille. Je n'ai su que beaucoup plus tard que c'était à sa peur que répondait la mienne.

Ceux qui le voyaient passer dans les rues, son sourire amical, son costume gris, son feutre gris avec, dans le bandeau, une plume d'oiseau bleue, n'auraient jamais soupçonné qu'il déraillait, le vieux : cinoque, le pépère, toqué. Un rien le renversait : la visite d'un chien inconnu dans la ruelle, par exemple, un horaire de train qu'un passant avait retrouvé tout chiffonné au fond de sa poche, avait déplié et négligemment laissé tomber. Une bête étrangère, un bout de papier, et Léopold se mettait à trembler. On le retrouvait parfois à la cave, derrière la chaudière, les yeux ahuris, les jambes, les bras, grelottant de peur. Ou la nuit, il venait jusqu'à nous sur la pointe des pieds et, nous tirant de nos rêves, nous implorait de nous habiller en vitesse et de le suivre en silence. Lui-même était couvert de pied en cap et portait dans un poing bien serré une petite valise noire. Amandine, étrangement émue par l'apparition insolite du vieillard, se levait de son lit et, s'enveloppant dans le peignoir que lui avait laissé maman, le reconduisait avec des murmures rassurants jusqu'à sa chambre.

Ces nuits-là, il dormait mal. On écoutait jusqu'à l'aube le bruit de ses pas sur les planchers de bois franc du rez-de-chaussée, des pas qui le menaient d'une fenêtre à l'autre, d'un carré de nuit noire à un autre, plus noir encore. Épiait-il la venue de quelque revenant, ou espérait-il voir apparaître sur le seuil de sa maison la sombre armure d'un chevalier? Celui qui viendrait châtier le démon qui prenait, quand ça lui chantait, possession de ses esprits? Il y avait toutefois des nuits où nous ne pouvions pas le ramener à sa chambre; parfois, il refusait de nous suivre docilement à son lit; parfois il insistait, avec une lueur démente dans les yeux, pour qu'on mette nos manteaux et nos bottes fourrées, et qu'on l'accompagne dans la nuit et le grand froid du mois de février. La porte franchie, il se dirigeait tout de suite vers la rue; il s'arrêtait un moment avant de descendre du trottoir, comme si la chaussée était trop encombrée pour qu'il s'y aventure, trop mouvementée pour qu'il puisse prendre sa place dans le cortège. Debout sur l'épaule de la rue, il hochait de la tête avec solennité, faisait signe de la main, comme si des visages connus défilaient devant lui et qu'il les saluait au passage, guettant le moment propice pour se glisser derrière eux et leur emboîter le pas. Mais à un moment donné, un espace devait se former dans la procession invisible qui se déroulait devant lui, car d'un geste péremptoire, il nous indiquait, à Amandine et à moi, que l'heure du départ était arrivée. Avant de nous jeter à sa suite dans ces froides rues d'hiver où le noir n'était mitigé par aucune lueur, ma soeur et moi tentions une ultime fois de le faire rentrer à la maison. Nos efforts, chaque fois, ne réussissaient qu'à exciter sa rage. Il se mettait à siffler des mots injurieux, ses lèvres se tachetaient d'écume. «Ils viennent, les Boches viennent» : il gémissait ce nom incompréhensible, et ses yeux tournaient dans sa tête, et sa mitaine tremblait lorsqu'il levait la main pour rasseoir son feutre sur son crâne. Un dernier regard par-dessus son épaule vers la rue, vide à nos yeux, et parfaitement innocente, et il s'engouffrait dans la nuit à la suite des fantômes qui se hâtaient, comme lui, vers quelque lointain refuge. Nous aurions voulu le laisser partir seul, retourner à la chaleur de nos lits, éviter le froid cinglant qui faisait pleurer nos yeux alourdis de sommeil, mais nous savions que c'était impossible. Il fallait qu'on veille sur lui, qu'on l'accompagne dans sa course vers le sanctuaire; il fallait qu'on devienne complices de sa fugue. De toute façon, déjà, au bout d'une rue, puis d'une deuxième, on ne songeait plus à la maison, on avait perdu toute envie de rentrer se coucher. Lorsque la lumière des réverbères de la grande ville de l'autre côté de la rivière se levait à l'horizon comme un soleil égaré, les rêves d'aventure que nous avions laissés en plan dans nos lits nous paraissaient ternes, chiches, apprivoisés, tant la nuit frissonnait de péril. On avançait dans le noir, la neige froide et profondément bleue crissait sous nos bottes, le petit vent amer nous mordait l'extrémité des chairs, se faufilait sous nos manteaux pour s'installer entre la peau et la mince chemise de nuit, et pourtant, on sentait une chaleur qui montait on ne savait d'où et se répandait jusque dans les plus obscurs replis de nos corps. Une sorte de fièvre excitée par la marche, évidemment, mais d'abord et surtout par la proximité du gouffre vers lequel on se dirigeait. Car nous savions d'expérience que la traversée du pont en plein milieu de la nuit éveillerait en nous une terrible peur et un splendide vertige. C'est donc émues et déjà étourdies que nous nous aventurions sur la chaussée de bois qui franchissait les ténèbres de l'abîme, et nous avions du mal, Amandine et moi, à suivre

Léopold qui, depuis les premières enjambées de cette promenade de fou, n'avait jamais ralenti son pas, ni levé la tête, ni donné voix à ses pensées. Il continuait sa route, décidé, inexorable, incapable d'être détourné de son objectif, même par le spectacle poignant du vide séducteur. À mi-chemin sur le pont, c'était plus fort que nous, l'appel se faisait trop pressant, le désir trop urgent, il fallait abandonner Léopold à ses obsessions, fermer les yeux et s'appuyer contre le parapet, se livrer aux voix en nous qui disaient : «Regarde, regarde...». Alors, j'ouvrais les yeux et la profondeur des champs d'étoiles et des champs de glace, des eaux que je savais noires et souterraines et infiniment traîtresses, me buvait, m'avalait, et je cessais d'exister. La rivière était ma tombe et les astres, les feux de mon bûcher. Je convoitais le noir et le silence du précipice qui n'attendait qu'un petit geste de ma part, un simple acquiescement, je désirais ma mort, mon anéantissement. Il aurait suffi que je me penche, que je culbute dans ce néant pour que le vide me pénètre et me possède. Je poussais contre la nuit ma tête de fillette amoureuse d'espace, je sentais sur mes joues la gifle d'un vent ancien, je m'y livrais, comme une feuille d'automne se laisse emporter par le menu tourbillon. Au moment de tomber, au moment où je ne répondais plus de la volonté de mon corps, la main d'Amandine sur mon épaule me retenait et m'entraînait à la suite de la figure courbée de Léopold, fuyant déjà dans l'ombre de la rampe de la voie ferrée à l'extrémité du pont.

Les deux branches de la rivière franchies, il ne nous restait qu'une courte distance à parcourir avant d'atteindre l'asile de la gare. Car immanquablement, ces trajets nocturnes aboutissaient sous la coupole de la station du chemin de fer. Nous y entrions, Amandine et moi, avec un mélange de gêne et de hâte. De hâte, bien sûr, parce qu'enfin on pouvait se dégourdir dans la chaleur du foyer et des salles d'attente; et d'embarras, parce qu'on ne savait jamais jusqu'où irait Léopold. Parfois, par bonheur, les lumières éblouissantes de la gare suffisaient pour lui rendre ses esprits et alors, il se retournait vers nous, confus, malheureux, et ne cherchant même pas à comprendre, nous implorait du regard honteux de l'enfant perdu de le ramener chez lui. Mais parfois, aussi, il prenait place dans une queue imaginaire devant le seul guichet ouvert, posait à ses pieds sa petite valise qu'il tirait derrière lui à mesure que la file avançait, puis arrivé devant le préposé qui avait, bien entendu, suivi le manège du grand-père d'un oeil amusé, demandait trois billets, aller simple, pour Bruxelles. L'agent, étonné, restait bouche-bée, jusqu'à ce que Amandine lui explique, en anglais, qu'il valait mieux faire semblant, que le vieux fou partirait content, sans faire de crise ou de scène, si on lui trouvait des quelconques billets à emporter. C'est ainsi, qu'avec la connivence du commis du chemin de fer, Amandine et moi-même arrivions à faire asseoir Léopold sur un des bancs durs de la salle des pas perdus et d'attendre, avec lui, l'arrivée d'un train, ou celle, plus espérée encore, de sa fugace raison.

Malgré ces trépignantes aventures nocturnes, qui en fin de compte ne nous échouaient qu'occasionnellement, j'ai mis deux ans à éviter grand-père, lui et ses yeux brûlants, deux ans à le souhaiter ailleurs. Je regimbais devant ses carbonades et ses moules, ses frites à la moutarde et son éternelle endive. Je me mordais la langue quand il corrigeait mon accent, devenu large comme celui de mes voisins, ou lorsqu'il feignait l'horreur devant mes ongles en deuil et mes genoux couronnés. Les petites robes roses qu'il allait me dénicher je ne sais où me remplissaient de nausée : je les enfilais le dimanche matin avant d'aller barboter dans les gués de la rivière. Les nattes qu'il tressait de ses gros doigts bourrus dans la broussaille de mes cheveux se défaisaient au vent, éparpillaient leurs rubans dans mes champs blonds. Il me grondait ensuite, pas méchamment, en me lavant la figure, les doigts, d'un coin humide de son mouchoir.

Et tous les soirs, j'offrais la vie d'Amandine à Notre Dame de Dieupart; je lui promettais de faire de ma soeur une nonne cloîtrée si elle m'exauçait, je la suppliais à genoux de venir prendre Léopold, de l'exciser de ma vie. En dépit de mes meilleures prières, de mes plus pieuses invocations, il perdura et trancha irrévocablement dans l'infinité de mes jours.

C'était au cours de sa deuxième année avec nous qu'arriva le matin où je dus quitter ma prairie et prendre le chemin de l'école. J'étais persuadée que c'était lui qui m'avait trahie, que mon propre grand-père s'était fait l'instrument de mon exil. C'était un châtiment, ni plus ni moins, une sentence rendue par lui pour me punir d'avoir tant de fois abîmé ses petites robes, d'avoir lapé mon lait au lieu de le boire, d'avoir nourri les chats qui visitaient mon champ des restes de ses ragoûts. Je savais vaguement que les autres allaient à l'école; que même Amandine s'était pliée à l'injonction. Mais, jamais, jamais, je ne m'étais imaginée impliquée dans ce scandale, exempte, plutôt, par je ne sais quelle largesse de la Providence de cette terrible servitude de l'enfance. Ce fut un désastre. Je peux encore évoquer le goût de l'angoisse qui m'inonda l'âme le moment où, ce premier jour de la rentrée, je troquai la lumière du jour pour la fausse clarté des longs corridors;

je me rappelle l'odeur de la poussière de craie, cette poudre qui collait à mes narines et m'enrobait la bouche et menaçait de me suffoquer; je vois encore la guimpe de la religieuse, la bande blanche serrée sur son front, la gêne, la contrainte, que trahissait chaque mouvement de sa tête, qui éveillaient en moi le désir affolé de déchirer mes vêtements et de couvrir mon visage de mes cheveux. Ce premier jour, quand je dus prendre ma place derrière le petit pupitre, ranger mes pieds l'un à côté de l'autre et croiser mes mains sur la table devant moi, j'étais convaincue que le tremblement de tous mes membres allait faire éclater mon corps, que le sang contraint à couler lentement dans mes veines se mettrait à jaillir de mes yeux, de ma bouche, du bout de mes doigts, que mes os explosés me cribleraient la peau d'échardes, que mon coeur crèverait et se viderait comme un vase qui fuit. D'un regard désespéré, je cherchai un échappatoire. Je ne pouvais pas regarder la religieuse debout devant les pupitres alignés, ce long habit noir, l'étau de sa coiffe. Je ne pouvais pas non plus regarder les fillettes assises à côté de moi, leurs orteils coincés dans leurs chaussures de faux cuir, leurs cheveux noués dans une torture de tresses et de rubans. D'instinct, je me tournai donc vers la lumière de la fenêtre - la vraie, l'éblouissante - et ce que je vis alors me plongea dans une détresse et une désolation infinies. Au-delà de la cour d'école, de l'autre côté des balançoires et des jeux de bascule, une rangée de chênes agitaient dans le ciel bleu de septembre leurs masses de feuilles, éparpillaient sur le sol des poignées d'ombre, et je vis, abrités sous leurs puissants rameaux, une longue corde et un vieux pneu sur lequel un petit enfant, un innocent, se laissait bercer d'un mouvement paresseux. À la pensée que sa journée à lui s'allongeait, longue, belle et jaune de lumière, qu'elle n'attendrait rien ni personne pour s'ouvrir et s'offrir, que le temps, pour cet enfant, n'était qu'un fleuve sur les rivages duquel il se promenait en rêvant, mon coeur se serra et je connus le deuil. Je laissai tomber ma tête sur mes bras pliés, je m'abandonnai au noir qui montait en moi vague sur vague, je me repliai dans ma haine pour ce grand-père aussi méchant que fou.

Je l'ai su ce premier jour : j'étais trop bizarre pour qu'on puisse m'aimer. Contrairement aux autres enfants de la classe, je me souciais peu des vêtements que j'enfilais le matin, je ne prenais aucun plaisir à manipuler les cahiers, les crayons et la belle reliure des manuels de classe; des jouets précieux, efféminés, à mon avis. Je ne faisais aucun effort pour m'attirer la faveur du professeur, un être, d'ailleurs, qui me semblait complètement dénaturé. Je ne trouvais tout simplement pas ma place dans ce monde-là, et je savais que, par conséquent, personne ne pourrait m'y connaître, ni m'aimer. Je lui tournai donc le dos pour me retrancher dans celui que je portais en moi, dans la plaine qui m'habitait. Par un tout petit effort d'imagination, je pouvais recréer l'odeur de la terre chaude, m'entourer du bruit de la broussaille dans le vent et du clapotis de l'eau grise sur la boue de ma rivière. Et la salle de classe, Soeur Joseph Arthur, les élèves et leurs voix criardes disparaissaient, comme ça, comme s'ils n'avaient jamais existé.

C'est de cette façon-là que je pus répondre à l'angoisse de ces premiers jours en prison. Mais, c'est bien connu, les enfants ne supportent pas qu'on les congédie si facilement, qu'on les fasse s'évanouir d'un coup de baguette magique, comme des fantômes dans le vent. Est-ce pour cette raison, parce que je m'en étais visiblement défait, comme on se débarrasse d'un objet encombrant ou inutile, qu'ils se vengèrent de moi? Ou parce que ce jour-

là, j'avais troué mes bas en glissant sur le gravier d'une
ruelle sur le chemin de l'école, et la vue de mes vilaines
jambes déchirées et tachées de sang avait inspiré en eux
un goût de cruauté? Peu importe la raison. Cet après-midi-
là, un petit groupe de filles se décida à me suivre à la sortie
de l'école pour me crier des bêtises et me lancer des
cailloux. Elles aussi m'appelèrent sauvagesse, et de bien
pires grossièretés encore, mais j'avais tellement l'habitude
de fermer l'oreille à tous les noms, les bons comme les
mauvais, que leurs cris ne me touchèrent point. Pour ce
qui en était des cailloux, et bien, c'était autre chose. Je me
mis à courir pour les esquiver; ces fillettes en jupons
ridicules faisaient preuve d'une étonnante adresse. Et de
force! Je commençais, malgré moi, à éprouver une certaine
admiration pour ces petites amazones lorsque j'entendis
le bruit de leurs pas dans mon dos. Sidérée de les voir
courir aussi vite que moi, je ralentis ma course, manoeuvre
fatale qui permit aux jeunes harpies de se jeter sur moi et
de me projeter la tête la première dans une haie de
caraganas. Accrochée aux épines de ce maudit arbuste, je
ne bougeai plus tandis que, loin de moi maintenant, les
filles détalaient en riant... Je restai un long moment
suspendue dans les branchages de la haie, et une à une,
les égratignures sur mes bras et dans mon visage
allumèrent leur petit feu. Insultée alors, enragée, je fis un
mouvement pour me dégager les bras, baisser ma jupe et
me redresser. Je me voyais parfaitement : fesses en l'air,
jambes pendantes, ridicule; et je me mourais de honte.
Mais mon corps refusa d'obéir; mes bras qui avaient
esquissé un premier geste, tombèrent soudain dans
l'immobilité; mes genoux fléchirent, mon coeur se serra.
Sans le savoir, sans le vouloir, je me mis à pleurer. C'est le
sel sur les éraflures de mes joues qui me fit comprendre

que c'était les larmes, et non pas le sang, qui me baignaient le visage. Il m'entendit sans doute - moi qui croyais pleurer en silence, moi qui apprenais ce jour-là, à pleurer : Gabriel m'entendit et, sans dire un mot, il écarta les épines, me souleva dans ses bras et me porta jusqu'à la rue Seine en me serrant fort contre son coeur.

Les jours de trop grand soleil, les jours de fin d'automne et de fin d'hiver, les jours où devenait insupportable l'idée des portes, des barreaux, et des cages, je faisais sans vergogne l'école buissonnière. Ces après-midi-là, je jouais quand même sur les bords de la rivière, mais loin, loin de la maison, je découvrais d'autres champs vagues, et d'autres érables à grimper, j'apprivoisais les chats de lointains quartiers, je maraudais dans les lieux secrets d'enfants inconnus, je goûtais au délice des heures volées. Ce qui me rendait d'autant plus savoureuses ces journées subtilisées, c'était de savoir que Léopold n'en savait rien. Que je le bernais magistralement, ce vieux bedonnant, assis devant son journal, ou penché dans son jardin, le râteau à la main, se félicitant d'avoir réussi à lui mettre une robe, à la sauvageonne, et de beaux bas blancs, et à l'envoyer toute docile à son école-bagne. Je me réjouissais de le savoir trompé, bafoué dans ses efforts pour me dompter, m'amadouer, m'apprendre à l'aimer.

Pauvre grand-père.

J'avais mis deux ans à me méfier de lui, de sa traîtrise et de sa mystérieuse folie, deux ans à le maudire, jusqu'au jour où il vint me trouver dans la boue de la rivière pour me remettre entre les mains un pigeonneau blanc. Je l'avais entendu approcher, les roues de sa bicyclette crissant dans le gravier du bord de la route, le couvercle de son panier d'osier battant la mesure en dépit du cordon qui le ficelait. Il avait mis un temps exaspérant à descendre du vélo, à l'appuyer contre un chêne nain, à ouvrir son panier. Sans le voir, je le savais là, tout près; je l'avais reconnu au cours soudain gêné de l'eau, au curieux mutisme des fauvettes. Sa seule présence dans les parages faisait fléchir mon monde, l'accablait d'un poids sinistre... Puis, du coin de l'oeil, je le vis glisser sur la berge, se faufiler parmi les roseaux, et venir jusqu'à moi, les mains débordantes d'un ciel encore à conquérir, d'une petite brute à peine emplumée, à peine remise d'un bêchage ardu. Il vint à moi, les chaussures, le bas du pantalon abandonnés comme ça à l'eau, riant, insoucieux, tout empoigné qu'il était par le trémoussement de petites ailes contre la paume de ses mains.

Pour moi, ce fut le ravissement. Du bout du doigt, je palpai la peau hérissée de sicots, le bec grêle, les écailles reptiliennes des petites pattes du pigeonneau.

«Tu l'aimes?» me demanda-t-il.«Il est à toi.»

Léopold le plaça alors au creux de mes mains et je sentis sous mes doigts la vie chaude qui frémissait sous l'ébauche des plumes. Je baissai la tête en fermant les yeux, pour respirer l'oiseau, pour l'effleurer de mes joues, du bout de mes lèvres, je baissai sur lui ma tête et le monde autour de moi s'oblitéra. Léopold me parla alors du colombier qu'à mon insu, il avait aménagé dans le grenier de la maison : il allait entreprendre, me confia-t-il, l'élevage des pigeons voyageurs; nous deviendrions, lui et moi, coulonneux. Mes prières cessèrent subitement; à leur souvenir, j'éprouvai un cuisant remords. Je ne souhaitais plus pour la longueur de mes jours que cet aïeul dément, cet amoureux d'oiseaux.

Je ne cessai, d'ailleurs, de m'émerveiller devant lui, l'homme épais, lourdaud, qui avait dans les yeux des étendues de ciel, et dans les bras, au bout des doigts, une légèreté de plumes. Une affinité toute particulière qui l'unissait à l'univers aérien, à la vie même des oiseaux. De ses doigts boudinés, il manipulait les oisillons avec une tendresse qui m'émouvait, il leur lissait les plumes de la tête avec la même tendresse que j'admirerais, plus tard, dans les gestes du pigeon pour sa pigeonne.

J'habitai, désormais, le monde du pigeonnier, un monde sableux et roucoulant, de vie, de mort, de disponibilité. J'embarquai dans un cycle de ponte et d'éclosion, de mue et de cochage, du miracle du lait de jabot et de l'appât du chènevis. Je connaissais mes colombes et mes colombes me connaissaient... Par les lucarnes ouvertes, sur les ailes de mes oiseaux, je finis, moi aussi, par accéder au ciel.

Grand-père se mit à les dresser. Par temps clair et tôt le matin, il prenait deux ou trois de ses oiseaux - ceux qui, selon lui, avaient la forme - et les plaçait bien délicatement dans son panier. Je savais, à leur roucoulement inquiet, qu'ils languissaient déjà après leur nichoir, leurs pigeonneaux, leurs vesces et leur graine de chanvre, et je sentais à mon tour l'angoisse étreindre mon coeur. Ils pleuraient leur case, les sédentaires, ne l'auraient jamais quittée que de force. Et moi, complice au crime, je n'avais pas dit un mot, je n'avais pas empêché Léopold de les arracher à leur bonheur. À travers une buée de larmes, je le regardais enfourcher sa bicyclette et s'éloigner de moi, louvoyant d'un côté et de l'autre dans les rues somnolentes du quartier. Du revers de la main, j'essuyais mes larmes puis, les doigts dans les cheveux, la bouche ouverte dans un cri silencieux, je courais m'enfouir dans mes champs.

Je m'imaginais La Molignée, Mathilde et Mélisande dans le panier d'osier, se becquetant pour se rassurer, gémissant une douce complainte. Le noir n'avait aucune emprise sur elles, mais l'exiguïté de leur cage, la corbeille étriquée, les faisait affreusement souffrir. Elles ne pouvaient deviner ni le ciel, ni la terre par les interstices des tiges d'osier et, de désespoir, leurs ailes s'alourdissaient, s'ankylosaient. Un rai de soleil errant introduit par hasard dans le noir du panier faisait gicler les reflets de leur plumage nacré, faisait luire, un moment, un oeil effaré. Et puis, après, plus rien : le silence et l'immobilité retombaient sur ces oiseaux transis de nostalgie.

Tandis que Léopold roulait sa lente cadence vers les limites de la ville, vers une terre en jachère qu'il connaissait là-bas, moi, dans ma prairie, je sentais sourdre au milieu de mon angoisse la saillie de la terreur... Et si, lorsque rendu dans les ornières noires du champ, la bécane plus ou moins campée dans la boue, Léopold ouvrait son panier sur un corps inerte, un oiseau mort, de peur ou de désolation? Ou si, arrivés indemnes et enfin lâchés, les pigeons s'élançaient dans un claquement d'ailes, gagnaient les hauteurs et s'envolaient, si l'un des trois voyageurs venait à s'égarer et ne retrouvait plus jamais le chemin du pigeonnier? Et je songeais aux chats de gouttière qui l'attendraient au détour d'une ruelle, lorsque ma pigeonne serait descendue des toits pour picorer quelque vulgaire plaintain; et aux garnements qui hantent les ponts et les bords de ruisseau, des cailloux plein les poches, dans l'espoir d'abattre quelque passereau d'un coup de fronde. Peut-être pire encore que de l'imaginer éventrée dans un caniveau, ou criblée de trous sanglants, était la conviction certaine que, seule, loin des siens, elle se mourrait de chagrin. Il me semblait alors entendre le roucoulement poussif, pathétique, que rendrait son coeur serré. Et les larmes me mouillaient le visage, coulaient dans ma chevelure, se mêlaient à la poussière noire de la prairie. Je fermais les yeux en invoquant Saint François et la colombe blanche du roi Clovis, et des tiges d'herbe crispées dans mes mains, mon dos cabré contre le sol, je fixais le ciel de tous mes sens.

C'est alors que, soudain, il me semblait que tout dans mon royaume se taisait. Même le petit vent s'éteignait, le ciel se dilatait, le bleu s'amenuisant, s'évanouissant, les plantes autour de moi tournaient vers le soleil la face oblongue de leur verdure, le vaste grouillement des antennes et des yeux à facettes, des cornes, des mandibules et des suçoirs, des tarses et des nervures, des anneaux, des dards et des tarières, s'interrompait, et attendait avec moi, le souffle coupé. Alors apparaissait le premier point noir haut, haut, en haut du ciel; je me frottais les yeux, clignais des paupières, ne quittais pas du regard la tache sur l'infini qui petit à petit s'étendait, une goutte d'encre répandue sur la nappe du firmament. Puis deux autres mouchetures se joignaient à elle, descendaient vers moi et la plaine, révélaient la blancheur de leurs rémiges avant de replier les ailes et de plonger, triomphales, vers le colombier. Tout, alors, se remettait à vivre autour de moi. L'émotion qui m'avait oppressée se dissipait comme une brume matinale, mes os se vidaient du poids de leur moelle, le duvet de mon corps cherchait le vent, mes bras s'étiraient comme des ailes. Je voyais Gabriel là-bas, à la limite de ma plaine, le visage encore tourné vers les hauteurs. Baissant la tête, il m'apercevait et échangeait avec moi un regard de connivence... Le prince sauvage, mon chevalier, se contentait de sourire, en attendant que vienne son heure.

* * * *

Gabriel la désirait. Je le voyais, l'été, lorsqu'Amandine enfilait son petit maillot de bain, s'enduisait le corps d'huile solaire et s'étendait sur sa couverture au beau milieu de la cour, l'oreille tendue vers la voix enrouée qui lui arrivait depuis la fenêtre ouverte, je le voyais, caché dans les arbres, les yeux rivés sur le corps langoureux de ma soeur. Il suivait du regard chacun de ses mouvements, se léchait les lèvres comme un chat sauvage à l'affût. Il était si occupé à l'observer qu'il oubliait la cigarette qui brûlait entre ses doigts, oubliait de ciller, oubliait de sourire. Moi, assise peut-être dans la fourche du grand orme, ou accroupie dans l'herbe, j'essayais de voir Amandine telle qu'il la voyait. Comme lui, je fixais les yeux sur la chair reluisante de ce corps assoupi, sur la ligne sans bavure de sa jambe, sur son inertie, sa passivité qui invitaient Dieu savait quelles ardeurs et quels excès. Je finis par comprendre la puissance de son attrait, et j'acceptai gracieusement que Gabriel puisse la désirer.

Mais qu'il l'aimât, ça non, je ne l'admettais pas. Comment, d'ailleurs, aurait-il pu concevoir pour cette jeune fille déjà vieille, pour cette peau rongée par l'usure et par le trafic d'une pléthore de mains, un amour pur et sans équivoque? Comment ne pas savoir qu'elle était faite de terre, cette fille, d'une argile que n'avait effleurée aucune aile, aucun astre, aucune idée de Dieu? Amandine était belle; mais, dans ses yeux verts, on ne devinait rien sous les reflets, et le ciel, c'était clair, lui pesait comme une main, la repoussait vers le sol d'où elle était surgie, comme une plante plus amoureuse de l'obscurité de ses racines que de la clarté de sa verdure. Et sur son passage - c'était à la fois curieux et déroutant - on respirait une odeur de cendre et de poussière. Même en plein soleil, ma soeur était vouée au noir, celui des nuits, des bars, des chambres closes où elle tenterait d'éteindre entre les bras d'abrutis les derniers vestiges de la lumière. Ma soeur était vouée à l'abîme et Gabriel, qui sentait la sève et les jours de soleil, qui était pur, chaste et entiché de ciel, était voué, lui, à la vie.

Oh! au début, je veux bien l'admettre, tout portait à croire qu'ils étaient faits l'un pour l'autre; que, par la force des choses, ils finiraient par céder au destin qui, depuis leur toute jeune enfance, semblait leur être réservé. La nuit, quand ils se croisaient rue Seine en rentrant - lui, de ses promenades solitaires sous les néons de la ville, elle, de ses incursions dans le monde pernicieux de copains trop délurés - ils s'attardaient un moment pour maugréer au clair de lune avant de se glisser furtivement dans le silence de leurs maisons endormies. La vie trop fade, trop maigre, trop insignifiante, imperméable à leur désir de tout avoir et de tout savoir, les jours qui s'éternisaient, intolérables et longs, l'impatience comme un mal cuisant qui leur courait sous la peau, le supplice des rêves, presque tangibles, toujours différés. Tous deux voulaient partir, tous deux partageaient le même désir d'évasion, la même envie de trancher tous les liens. Mais ils ne savaient pas encore que, lorsqu'arriverait le moment du départ, l'une partirait pour se perdre, l'autre, pour se trouver.

C'est curieux; quand je pense à Gabriel maintenant, il me semble que j'entends sa voix et la mienne, des chuchotements dans le vent de ma plaine, des confidences murmurées, des paroles que, lui de son côté et moi du mien, on aurait emportées comme des poésies apprises par coeur, longuement couvées, dévotement récitées. Et pourtant, je ne le sais que trop bien, on ne s'est jamais dit un mot. Son regard était si parlant, son visage tourné vers le ciel, si expressif, que le langage nous semblait superflu, inepte, un outil primitif dans une main maladroite. Il n'aurait pas pu trouver les mots, d'ailleurs, pour me dire son amour. Comment, dites-le moi, exprime-t-on l'émotion qui nous saisit devant la profonde liberté de l'enfant? Cet esprit fait chair, cet éternel au coeur du temps, cette créature, ni ange ni humain, surgie toute fraîche de la main de Dieu. En moi, il se retrouvait, se prolongeait, il découvrait en ma petite personne l'incarnation d'un vague espoir mortel. Il ne me l'avait jamais dit, il n'avait pas eu besoin de me le dire. Instinctivement, je savais que j'étais pour lui abri, appui, bouclier et refuge. Il venait me trouver dans les champs près de la rivière les jours où il ne savait plus rêver, les soirs où il n'arrivait plus à s'inventer une vie. Puis, me regardant dans l'eau, dans l'herbe folle de mon champ, dans le vent qui soulevait les ailes de mes oiseaux, son visage grave s'adoucissait, son front se déridait et, lorsque nos regards enfin s'effleuraient, il arrivait à s'oublier, ses yeux, sa tête vidés de lui, et pleins, maintenant, tout pleins de moi. J'étais une image pour lui, une image brillante de tous les souhaits de son âme, précieuse, indispensable, et je savais que, si un jour il me quittait, il lui faudrait un jour me revenir.

Chapitre VI

C'est en rentrant de l'hiver sur ma plaine que je le vis. Il était là, le fou, debout dans l'embrasure de la porte, les mains couvertes de sang. Je voulais me ruer sur lui et le battre avec mes poings, le gifler et le secouer pour qu'elle s'envole, la vicieuse, qu'elle disparaisse toujours et à jamais. Mais quand je levai les yeux vers le visage de Léopold, je vis que sa folie l'avait déjà quitté, qu'après avoir exercé ses ravages, elle avait abandonné le vieux sage, doux et plein de tendresse à l'évidence scandaleuse de ses mains. Devant le carnage, le vieillard pleurait. C'est la vue de ses larmes, je pense, et de l'écume sur ses lèvres, de son gros visage de lune tout saccagé par la douleur qui me bouleversa l'âme. Je ne voulais plus rien voir; ni ces mains avec leur épouvantable fardeau, ni cette souffrance. Je voulais m'arracher les yeux, éteindre jusqu'à la mémoire du ciel et des ailes dans le vent, éteindre la mémoire de la blessure de son regard. Je quittai la maison, m'enfuis dans la nuit, traversai en trébuchant mon champ couvert de neige pour rejoindre la rivière où l'eau, je le savais bien, coulait noire et silencieuse sous son manteau de glace. Je m'aventurai sur sa surface, me dirigeai vers le lieu que je connaissais - balayé, fissuré, translucide - où la glace, travaillée par le courant dans ce coude de la rivière, était fine comme une lame. Un étang noir s'ouvrait à mes pieds; je m'agenouillais dans la neige, me penchais pour toucher du bout des doigts la mince couche d'eau vive qui, depuis un trou traître dans la couverture de glace, s'était immiscée dans ce tableau figé, lorsque je songeai soudain à Gabriel. Et le souvenir fit fondre le noeud dur qui me serrait la gorge, fit naître en moi la conviction profonde qu'il m'attendait, qu'il savait déjà que Léopold avait succombé à la plus terrible des folies, qu'il m'attendait pour m'emmener avec lui, m'enlever vers un pays de cieux plus vastes encore, vers une terre qu'il connaissait, lui, toute faite d'oubli et d'avenir. À quatre pattes dans la neige, je gravis la berge; la laine de ma tuque et de mon foulard s'accrochait dans les branches des arbustes, je sentais un début d'ankylose dans mes genoux, dans l'os de mes jambes et dans l'os de mes pieds; entre mes mitaines et les manches de mon manteau, des lignes de feu couraient sur la peau de mes poignets. Mais une lampe brûlait dans la cuisine des Tardiff, et j'en étais persuadée, Gabriel attendait, debout près d'une fenêtre. Il me semblait que la porte de sa maison s'ouvrait déjà pour me recueillir. Je me mis à courir vers lui, échappant ma tuque, remplissant mes bottes de neige, évitant de justesse les draps raides sur la corde à linge et les sacs d'ordures qui encombraient les marches du perron. Au moment où je mettais la main sur la poignée de la porte, elle s'ouvrit comme par enchantement. Mais ce n'était pas Gabriel qui accourait devant moi, c'était son père : Monsieur Tardiff venait ajouter au tas un autre sac de vidanges. Il s'arrêta tout court en m'apercevant - insolite apparition d'un soir d'hiver - puis se penchant vers moi dans l'obscurité, finit par me reconnaître. Il se retourna alors et ouvrant tout grand la porte de sa maison, fit tomber sur moi un pan de la lumière jaune qui éclairait la grande cuisine. Dix paires d'yeux se fixèrent alors sur moi; dix cuillers s'immobilisèrent au-dessus des bols de soupe, tandis que je cherchai parmi tous ces visages fermés celui qui m'avait appelée des bords silencieux de l'eau. Mais il n'y était pas, Gabriel, et je savais que je n'avais en moi ni souffle, ni voix assez pour prononcer son nom.

Ma détresse ayant peut-être remué en elle quelques vestiges de sentiment maternel, Madame Tardiff se leva de sa place au bout de la table, s'approcha, massive, molle et odorante, et vint se mettre debout devant moi. Elle mit sa grosse main sur ma tête nue, me caressa les cheveux, puis me dit tout bas, comme s'il s'était agi d'un secret entre nous :

— C'est Gaby que tu cherches, hein?

Je hochai de la tête, n'osant pas lever les yeux sur elle. Elle reprit d'une voix cassée, émue :

— Y'est pas icitte, ma puce. Y'est parti rien que c'matin, Gabriel. Pis j'peux pas te dire non plus quand il va te revenir.

Elle voulait me retenir, faisait un geste pour refermer la porte derrière moi, pour me cerner de chaleur et du relent d'oignons, mais je me glissai sous sa main et m'enfuis vers les champs. C'est là, je crois, au moment précis où je m'arrêtai dans les herbes raides, dans la clarté froide versée sur moi depuis la lune hébétée, que la folie s'empara de moi. Lorsque je compris que mon prince sauvage m'avait abandonnée, qu'il était parti sans même me dire adieu... Dès ce moment-là, je ne sus plus rien. En moi, il n'y avait que des voix qui réclamaient toutes un refuge. Un sanctuaire. Le lieu inviolable vers lequel même le fou dans sa folie se tourne aveuglément. Léopold m'avait plus d'une fois indiqué le chemin vers ce lieu d'asile, et c'était avec une résolution maladive, démente, que je jurai, ce soir-là, de le suivre jusqu'au bout.

Je ne me rappelle pas ma course affolée dans les rues de la ville, j'oublie jusqu'à la traversée du pont dans le noir, je ne garde qu'un vague souvenir de la foule qui se pressait à la porte de la gare. J'eus du mal, d'ailleurs, à la reconnaître : je ne l'avais vue qu'au milieu de la nuit, déserte, vacante, quand seul le bruit timide de nos pas avait fait résonner ses murs de marbre froid. Mais ce soir-là, la gare grouillait de monde, et ce n'est qu'avec grande difficulté que je parvins à me faufiler entre les jambes, les pardessus et les valises qui encombraient les allées menant au quai de départ. Là, guidée sans doute par le démon fou mais lucide qui avait pris possession de mes esprits, je fondis dans la foule, me glissai entre les bedaines et les bottes, m'insérai si habilement dans ce fleuve de chair que je me retrouvai bientôt sur une banquette de train, coincée entre deux couples endimanchés et leur nombreuse progéniture. Je me faisais toute petite dans mon coin du compartiment tandis que la neige fondue de mes vêtements dégoulinait et formait de petites flaques à mes pieds et que l'odeur de la laine mouillée me montait au nez. J'assistai, épouvantée, aux premiers ébranlements du monstre de fer, ses secousses, ses cris, le tressaillement de ses flancs, puis je vis par la fenêtre du wagon la ville qui défilait sous mes yeux, les édifices, les ponts, la rivière comme une saignée de lait. On gagna vite les champs ouverts des limites de la ville et enfin, si vite, trop vite, le noir des grandes forêts. Assise rigide et malheureuse sur mon coussin de crin, refusant d'entendre les questions des enfants qui partageaient ma banquette, je fixai les yeux sur le paysage qui apparaissait en formes fantômes de l'autre côté de la glace et me demandai avec terreur à quoi je saurais reconnaître le refuge de Léopold. Les soirs d'hiver, lorsque grand-père nous avait entraînées à sa suite dans les rues de la ville, j'avais porté en moi le nom «Bruxelles», l'avais roulé sur ma langue, comme un bonbon ou une goutte d'eau fraîche, je l'avais répété en chantonnant, scandant ses syllabes au rythme de mes pas, je l'avais laissé dormir aussi, ce mot curieux et un peu dur, dormir pour l'éveiller et mieux surprendre toutes les images qu'il pouvait évoquer. Il me semblait que «Bruxelles», ça devait être bon comme du lait froid, ou comme la sauce et les patates de Joséphine, ça devait être chaud comme un chat en boule dans mes bras, aigre dans ma bouche comme la rhubarbe du jardin, parfumé comme la résine des sapins sur mes doigts. «Bruxelles», ça devait être l'été et le goût du sel sur ma peau, le bruit d'une rivière et le roucoulement des colombes, la truffe froide d'un chiot, les pousses blanches de l'herbe et, dans mes mains et sous mes pieds, la terre noire et chaude et rutilante comme le sang. Cette nuit de février donc, tandis que les roues de fer tournaient sous moi et faisaient jaillir dans le noir des étincelles de colère, je scrutais la face des grandes forêts enneigées qui s'écartaient sur notre passage dans l'espoir

d'y trouver les signes d'une autre saison. Dans les branches
nues des arbres, l'ébauche peut-être de nouvelles feuilles,
une métamorphose de l'air, devenu plus doux, soudain,
plus lumineux, un soleil plus haut, un ciel plus clair : le
mois de mai à Bruxelles.

Mais la fenêtre du train, pleine de reflets déformants,
ne me laissait pas deviner ce qui se passait dans l'ombre
épaisse des tourbières où se balançaient les cimes débiles
des grandes épinettes noires de la forêt de ce pays du nord.
Nous pénétrions, il me semblait, dans le coeur noir de
l'hiver, un monde habité seulement par des oiseaux gris
et des bêtes grises, un monde de roc, de marécage et de
lichens. Les roues du train crissaient sur leurs lignes de
fer, les enfants s'agitaient sur leurs bancs, et la chaleur et
le mouvement me berçaient, me lançaient dans des rêves
d'aube et de printemps. C'est le long de la rivière quelque
part, ou dans une clairière baignée de lune, que je perdis
le souvenir des mains cruelles de Léopold, et aussi celui
de la plaine, de ma plaine, où Gabriel ne viendrait plus.

Le compartiment s'était vidé à mon réveil, mais dans
le couloir du wagon, les voix des enfants fatigués
retentissaient encore. Le train s'était arrêté, nous étions
arrivés à destination; je courus rattraper les passagers qui
descendaient déjà sur le quai de la petite gare. Il faisait
trop froid et trop noir pour s'aventurer loin de l'abri du
village, mais en plein milieu de cette nuit d'hiver, je
trouvais encore plus rassurant les fermes éparses que
j'apercevais au loin, les points de lumière qui brillaient ici
et là dans l'étendue lumineuse des champs, que le
rassemblement frileux de maisons et de magasins qui
s'accrochait à la gare. Enroulant mon écharpe autour de
ma tête, enfonçant mes poings dans les poches de mon

manteau, je pris la route qui quittait le village et me mis à marcher vers la campagne ouverte. Laissant derrière moi la lumière jaune des réverbères, je me dirigeai vers les prés ensevelis de blanc, vers un paysage éclairé par le seul feu des astres. Jusqu'à cette nuit-là, je n'avais contemplé les champs, les arbres, le ciel d'hiver, qu'à travers une glace sale, embrouillée. Tout - les odeurs, les profils, la phospho-rescence des choses - avait été mitigé, corrompu, par la proximité de la ville. Mais maintenant, j'avançais dans un monde livré à lui-même, que rien ne brimait ou n'altérait, où la neige était une couverture d'argent au clair de lune et les étoiles au-dessus de ma tête se pressaient dans ce coin du ciel, se multipliaient, révélaient dans les déchirures de l'étoffe bleue de l'air les myriades soleils qui, en silence et en secret, faisaient tourner d'autres univers. Je compris que c'était ça, tout ça, que mon terrain vague à moi avait essayé de me dire. Je songeai avec un pincement au coeur que, si je ne les avais quittés, je me serais fait un monde d'un morceau d'herbe, de quelques chênes rabougris, et de pâles reflets d'étoiles.

Je passai cette première nuit dans la paille d'une petite étable. Le chien de la ferme avait aboyé à mon approche, mais quand je lui avais offert ma main nue à renifler, il s'était aussitôt calmé. Dans la stalle à côté de la mienne, il n'y avait qu'une vache, toute chaude d'odeurs, et les volutes de son haleine montaient dans l'air froid comme de beaux ballons blancs. Un chat vint me trouver, et puis un deuxième, et je me blottis dans un creux de la paille, une bête dans chaque bras. Leur chaleur ronronnante pénétra dans mes mains et dans mes doigts, je pus retirer mes bottes et mes chaussettes et enfouir mes pieds engourdis dans la paille; puis la tirant sur moi par grosses poignées, je m'en fis une couette épaisse. Je m'endormis

au bruit animal de mes voisins, un bruit ronflant et
rassurant qui acheva en peu de temps ce que la promenade
nocturne avait si bien commencé.

Au petit matin, Madame la fermière me trouva.
Laissant là son seau et son tabouret, elle me conduisit à
une chaise près du poêle à bois de sa cuisine. Elle me fit
boire de la tisane, me donna en guise de déjeuner du pain
et de la compote de pommettes, puis avant de me quitter,
elle me conseilla de reprendre le chemin du village.
«Finis ta croûte puis va-t-en chez toi», me dit-elle. «Tes
parents te cherchent.»
Elle allait traire la vache et me voulait partie à son retour.
Je n'eus aucune envie de discuter avec elle. Il y avait
quelque chose de terrible dans la lueur de ses yeux bridés
- une sorte de haine ou de mépris - et sa peau couleur de
tabac, sa peau flétrie, ridée, éveilla en moi une grande
crainte et un grand émerveillement. Ce n'est que sur le
corps des bêtes que j'avais pu admirer un si beau cuir, et
je ne pus m'empêcher d'imaginer que je me trouvais ce
matin-là en face d'une créature fabuleuse, moitié femme,
moitié biche, la maman mythique de mes rêves. Mais
c'était clair que l'orpheline échouée sur le seuil de sa porte
ne l'intéressait pas; car elle se contenta de refaire le noeud
de son fichu, elle enfila ses mitaines de grosse laine, et me
tourna le dos. Je me dépêchai de boire ma tisane, et
d'avaler les dernières miettes de mon pain, me repliant
avec soin sur les sensations de mon corps - mes lèvres sur
le bord de la tasse, le bruit mat de la faïence contre le bois
de la table, mon doigt mouillé dans l'assiette, le
chatouillement des brins de paille dans mon cou - pour
éviter de penser à ce qui m'attendait une fois franchie la
porte de cette petite maison chaude. Je léchais la dernière
trainée de compote au fond de mon assiette (la rugosité

de l'émail grêlé sur ma langue, l'odeur mielleuse des fleurs du pommetier) lorsque j'entendis un bruit de pas derrière moi. Persuadée que c'était la femme à la peau de chamois qui revenait pour me faire déguerpir, je me levai d'un bond et, sans même jeter un coup d'oeil derrière moi, je gagnai la porte en courant. Mais elle se mit à rire et je m'arrêtai pour l'écouter puis, me retournant doucement, pour la regarder. L'animal était dressé sur ses deux pattes; depuis la barbe jusqu'aux pieds nus, il était enveloppé d'une combinaison rouge vif, et il portait sur le bras un pantalon et une paire de chaussettes de laine grise. Il tira vers lui une chaise de cuisine, puis s'asseyant, plia une jambe sur l'autre genou, et s'appliqua à enfiler un bas.

— T'es ben pressée donc, toé, à matin.

— La dame m'a dit qu'il fallait que je parte. Vite, vite.

— A s'appelle 'Lalie, la dame. Pis, aussi ben que tu le saches toute suite, les enfants, a les endure pas. Par rapport qu'en a eu neuf enfants, pis y'en a pas un des p'tits bâtards qui se bodre pour se rappeler la fête d'leur mère. Alors, les enfants, faut pas y en parler, à 'Lalie. A les envoye tous au diable.

— Je ne la dérangerai plus. Je m'en vais...

— Tu viens-tu du village?

De la tête, je lui fis signe que non.

— Y me semblait ben, aussi. J'les connais àpeprès toutes, les enfants du village. Pis, toé, j't'ai jamais vue avant. De voù que tu viens, d'abord?

— De Saint-Boniface.

Le barbu s'était levé pour mettre son pantalon. Il s'arrêta tout court et me regarda en ouvrant de grands yeux. :

— Hé, c'est pas à porte, ça! T'es t'ici en visite?

— Non.

— T'as de la parenté au village?

— Non.

— Ben, de voù qui sont d'abord ta maman pis ton papa?

— Maman est morte, puis mon père est parti. La dame - 'Lalie - se trompe. Elle m'a dit qu'on me cherchait, mais c'est pas vrai.

— C'est ben dommage, ça, la p'tite. Mais, tu peux pas rester icitte. Par rapport à Eulalie d'abord, ensuite, à cause qu'y faut les avertir au village. Une petite fille comme toé, ça peut pas se promener tout seul en campagne l'hiver.

Il finit de s'habiller, puis se tournant vers moi, jaugea mes habits d'un oeil critique. Il me fallait une tuque, déclara-t-il, et une meilleure paire de mitaines. Ouvrant les portes d'un placard au fond de la pièce, il en retira une boîte en carton dans laquelle il fouilla pendant quelques secondes. Elle était pleine de tricots de toutes les tailles et de toutes les couleurs; de quoi équiper une marmaille nombreuse pour une demi-douzaine de saisons froides. Il choisit un bonnet bleu et des mitaines en cuir et s'approcha de moi pour me les enfiler. Puis, il me fit un clin d'oeil et me dit de le suivre.

On se rendit au village en camion. Arrêtés devant un petit immeuble gris, Louis m'entraîna à sa suite dans les bureaux municipaux. C'est pour un monsieur en chemise carreauté assis derrière un guichet que Louis L'espérance énuméra les détails de ma soudaine apparition sur le seuil de sa maison. L'autre promit de contacter ses gens à Saint-Boniface, puis me dit de m'asseoir sur un banc dur près de la porte. Je me retournais lentement quand Louis m'attrapa la manche pour me retenir en faisant de gros yeux à Alcide.

— Coudon, Alcide, tu vas pas la laisser là de même, la p'tite.

— De voù que tu veux que j'la mette, Louis?

— Ben, tu pourrais pas trouver mieux que ça, bonyenne?
— Dis-moi-le donc, ce que c'est que tu veux que je fasse avec, parce que j'le sais pas, moé.

Louis L'espérance le savait, lui. S'acroupissant devant moi, il reboutonna le devant de mon manteau, et me dit de remettre mes mitaines. Puis, il lança par-dessus son épaule : «J'l'emmène avec moé faire la tournée», avant d'ouvrir la porte et la laisser claquer derrière nous. On remonta dans le camion, je m'installai sur le siège éventré, les narines pleines du piquant de l'essence et du fumet boucaneux de la parka de Louis. Il prit un chemin de campagne qui nous mena au bout de quelques minutes à la ligne noire du bois. C'était une forêt qui s'élevait au bord des grandes étendues de neige, une vraie forêt avec des bouleaux, des pins, des mélèzes dénudés d'aiguilles, des peupliers à l'écorce tachetée. Lorsque Louis arrêta le camion sur le bord du chemin et on se mit à marcher sous la voûte des branches enlacées, des frissons me parcoururent le dos et une boule d'émotion me noua la gorge. Le sentier contournait des barricades d'arbres abattus par le vent, il frôlait des arbustes ployés sous le poids de la neige, et il était suivi, ce sentier, et coupé, et recoupé par la piste bleue des animaux. Louis pointait du doigt une trace de pattes, me signalait le passage d'un chevreuil, d'un lièvre, d'un raton-laveur. Je m'arrêtais souvent pour bien regarder ces dépressions dans la neige, ces empreintes de griffes et de sabots, afin de les graver dans ma mémoire, de les ajouter à mon répertoire de traces de chat, de chien et d'écureuil. Les méandres du parcours nous emmenaient toujours plus loin; au prochain tournant, derrière ce gros rocher, il y aurait d'autres indices à décoder. Dans cette petite clairière, par exemple, là, où les hautes herbes sont encore toutes froissées, leurs tiges rigides brisées sous quelque poids disparu, un chevreuil avait fait son lit. Et là, tu vois la marque d'ailes à la surface de la neige? les effleurements de plumes de chaque côté du trou? C'est la perdrix qui s'est envolée ce matin de sa couche sous la neige. Et ces brindilles dépouillées de leur écorce? Et ce petit tas d'os et de fourrure?... Et aux noms de loup, et de coyote, de cerf et de lynx, je sentais battre mon coeur, et mes yeux fouillaient les sous-bois dans l'espoir d'apercevoir une queue blanche dressée en signe d'alarme, ou des lueurs jaunes de chat sauvage, et je m'attendais à tout moment à tomber sur un ours engourdi, tiré de son long sommeil par nos voix dans le silence, ou sur une meute de loups noirs, glissant comme une ombre sur la face blanche de la terre. La forêt vibrait, pour moi, du pouls de tout ce sang dissimulé, des regards furtifs, du flair inquiet, et je voulais laisser couler sur le vent, s'épancher sur mon passage, la rassurance tranquille de ma bienveillance.

Le sentier se heurta contre le mur de la forêt. Écartant les buissons et les branches basses des sapins, on pénétra dans le plus dense des bois. Je plaçais mes pieds dans la trace des bottes de Louis, en prenant comme lui de très grands pas, il surveillait le fouet des branches qu'il repliait sur son passage. Je n'entendais que le bruit de notre souffle, et loin, très loin, le coassement d'un corbeau. Même aujourd'hui, lorsque j'y repense, je comprends toujours pourquoi, ce jour-là, j'aurais suivi Louis L'espérance jusqu'au bout du monde, sans me poser de questions, sans non plus chercher à savoir où il m'emmenait.

On déboucha sur une falaise qui surplombait l'étendue blanche d'un lac. Quand nous étions encore loin du rivage, parmi les ombres allongées des grandes épinettes, je ne sais pas si je l'avais deviné, ce lac, ou seulement espéré, mais lorsqu'on se défit enfin de la poigne accaparante des arbres, je ne m'étonnai point de le découvrir là, couché à mes pieds. Un vent presque visible soulevait sa couverture de neige, et la forêt qui se pressait sur le rivage d'en face était une ligne sale sur l'horizon. Le froid et le silence réunis ici, dans ce lieu étal, étaient immuables et absolus. Pourtant, je me préparais déjà à descendre, cherchais de l'oeil une échancrure navigable dans le roc, car la surface vierge de ce lac endormi appelait la trace de mes pieds, désirait mes ailes d'ange, mon petit corps bleu dans cette blanche immensité. Mais Louis ne descendait pas; il suivait plutôt la longue courbe de la baie, la quittant parfois pour disparaître dans les fourrés. Je ne savais toujours pas ce qu'il cherchait, et même lorsque je vis le piège et la bête rigide, son sang comme une fleur sur la couche de neige, je ne compris toujours rien. Louis se pencha, ouvrit la trappe et dégagea la martre des mâchoires de fer; puis, plaçant son genou de gros velours cotelé dans la neige, il me dit d'approcher. Tiens, me dit-il, touches-y un peu, regarde comme est belle. Il la caressait de sa main nue, ses doigts dans la fourrure rousse de sa gorge.

Mais moi, je ne pouvais plus bouger. Mes bras, comme morts, pendaient à mes côtés, je sentais monter en moi le bouillon chaud de mes larmes, et je ne voulais pas montrer à Louis mon visage défiguré par la douleur, je ne voulais pas qu'il pense que je lui reprochais cette mort, ce sang, ces petites pattes raides. Car il n'y était pour rien. C'était tout de ma faute; là où je passais, la mort s'installait. Dans le colombier de la rue Seine, sur le bord de ce lac, dans la forêt de Louis L'espérance. J'avais beau jurer mon amitié à ces bêtes, leur promettre ma protection et ma fidélité incessantes, je finissais toujours par les trahir... Mais cette martre était superbe, elle ne m'en voulait plus, je levai la main pour lui flatter la robe.

Cinq autres martres, ce matin-là, un coyote, un lapin et trois immenses pékans, des fourrures épaisses et riches et belles à vous faire gémir, l'odeur de leur vie et de leur mort, l'odeur nauséabonde de leur revanche, leur tête sauvage, leurs moustaches, le bouton noir de leur museau au creux de ma main, ma fascination, et ma peur terrible et délicieuse, les doigts de Louis dans la neige, sur les dents de ses engins, à rebours dans le poil farouche de ces bêtes fauves. Il marcha longuement dans les bois, moi sur ses talons, visita tous les pièges sur son territoire et puis, enfin, s'arrêta devant une cabane enfouie dans la forêt, loin des chemins et des sentiers. Une corde de bois était empilée devant sa porte et un panache de fumée était accroché à sa cheminée. Mes orteils étaient gelés, je songeais depuis un bon moment déjà au poêle à bois d'Eulalie, et dans les parfums mêlés des dépouilles d'animaux et de la boucane primait, dans mon souvenir, celui du chocolat chaud.

— Arrive, la p'tite. On va se réchauffer un brin.

À ma grande surprise, au lieu de pousser la porte de la cabane et d'y entrer sans façons, Louis frappa deux fois et se racla la gorge, l'air gêné. Au bout d'un moment, une femme vint nous ouvrir. Elle esquissa un sourire rapide à l'intention de Louis, puis sans lever les yeux sur moi, se retourna et regagna l'intérieur de la pièce. Louis me fit signe d'entrer et d'enlever mes bottes, puis il m'indiqua la chaise de cuisine placée à côté du poêle à bois. Je ne me fis pas prier, même si la femme aux longs cheveux noirs s'affairait justement devant le feu, son dos tourné vers nous, son attention de nouveau sur le travail de ses mains. De ma place à côté d'elle, je pus voir ce qu'elle faisait : les oeufs qu'elle brisait contre les bords de la poêle en fonte

étaient bruns, leurs jaunes vifs, le beurre doré. J'aurais pu
pleurer de joie devant la terrible beauté de son omelette.
Elle faisait aussi griller du pain et en tassant un peu les
tranches, elle put en ajouter deux à celles qu'elle avait déjà
posées à même la surface du poêle, puis elle alla chercher
dans la pièce à côté trois autres oeufs bruns. Je suivais les
gestes de ses mains, tandis que Louis, lui, s'occupait à
mettre le couvert. Il se déplaçait sans faire de bruit, la tête
légèrement tournée vers la femme; il suivait de l'oeil
chacun de ses gestes. Elle tentait de soulever la lourde
poêle à frire, peinait sous le poids; Louis s'approcha pour
la lui enlever des mains, mais elle lui fit comprendre d'un
mouvement de la tête qu'elle se débrouillerait seule. Il
s'assit donc à la table sans dire un mot, et me fit signe
d'approcher ma chaise. En silence, on se pencha sur nos
assiettes. L'omelette, même sans les fines herbes de
Léopold, sans fromage et sans lait, et en dépit de ses
croûtes et de ses bords roussis, fondait dans ma bouche
comme du sucre d'orge, le pain avait un goût brûlé, exquis,
et le thé qui chauffait sur le coin du feu remplissait la
cabane du parfum des pommes. Je regardais Louis en
souriant, la bouche pleine d'oeuf, les yeux ravis, cherchant
dans ma petite tête les mots qui sauraient lui dire le rêve
que je vivais, l'émotion de mon corps, la réalisation de
mes plus ardents souhaits. Mais ses clins d'oeil étaient
distraits, ses gestes toujours furtifs et discrets, et je compris
que c'était la femme qui, seule, occupait son esprit. Il
repoussa enfin son assiette, grogna doucement de
satisfaction, puis, sans lever la tête vers l'autre en face de
lui, parla tout bas :
— J't'ai apporté un lapin, Mariouche; 'pis la mère fait
demander si t'as encore du pain.
Mariette hocha de la tête, puis :

— Merci, pa, pour la viande. J'ai fini ce qui me restait du poisson avant-hier. Pis les fèves, hein? J'veux pus rien savoir.

Louis se mit à rire.

— Si tu venais manger à maison, aussi, de temps en temps. Ça ferait plaisir à ta mère, tu le sais ben, pis à moé itou.

Mariette ne dit plus rien. Se levant de sa place, elle alla remplir un chaudron d'eau, le mit à chauffer. J'empilai les assiettes sales et les tasses, et elle me montra le bac en plastique rouge qui faisait office d'évier. Je buvais tranquillement mon thé en attendant que l'eau de vaisselle soit prête quand Louis se leva soudain, et mit son manteau, disant qu'il allait accrocher le gibier «dans shed en arrière». Je compris, avec un serrement au coeur, qu'il faudrait que je le suive bientôt, enfiler moi aussi mon manteau et mes bottes, et monter à côté de lui dans le camion et quitter pour toujours cette cabane dans la forêt. Louis ouvrait déjà la porte, son dos large bouchait la vue des arbres immenses qui poussaient, là, là, à portée de la main, je sentais les sapins, la neige et le bois coupé. Je me décidai, avant même que la porte ne se referme sur la forme sombre de Louis, de tout raconter à Mariette.

Elle choisissait des bûches pour le feu, tisonnait les braises, et m'écoutait parler sans se tourner vers moi. Les flammes faisaient danser des lueurs sur son visage foncé, faisaient briller des éclats de lumière dans le noir terne de ses cheveux. Elle était assise sur ses talons devant la bouche ouverte du poêle, le tissu de son pantalon était serré sur sa jambe pliée, et elle me parut si mince, cette jambe-là, si fragile, que je crus un moment avoir affaire à une enfant. Mais dans un mouvement réflexe, elle repoussa sa longue chevelure derrière une épaule et dégagea le profil de sa figure; je reconnus dans le noeud de sa mâchoire, et dans la ligne serrée de ses lèvres, une force et une détermination qui n'avaient rien de puéril. Je lui racontai tout, lui mis entre les mains la série d'anecdotes qu'avait été jusque-là ma courte existence, voulant, exigeant, qu'elle me les transforme, cette femme-enfant, qu'elle les rassemble et les ordonne, pour que je puisse les emporter, comme un livre que je me glisserais sous le bras avant de partir, un volume dans lequel figureraient déjà les prochains épisodes de ma vie. Je comptais sur elle, sur l'étrangère aux cheveux noirs, d'écrire la suite de mon histoire.

Mais elle ne disait toujours rien et déjà, j'entendais les bottes de Louis sur la neige crissante, je l'entendais siffler entre ses dents, comme on fait pour appeler un chien. Je crus un moment que c'était moi qu'il appelait comme ça, que je devais vite me rhabiller et le rejoindre dehors sous les grands pins. Je me levai lentement de ma chaise, me dirigeai vers la porte et mes bottes encore mouillées; aucune main ne vint se poser sur mon épaule pour me retenir. J'étirai le bras pour descendre mon manteau de sa place dans la rangée de clous que quelqu'un avait plantés dans les deux-par-quatre des murs de la maison. Et elle ne dit toujours rien. Louis rentra, parla vaguement du lapin qu'il venait d'accrocher dans la remise, puis regarda sa fille en plein dans les yeux.

— Tu te portes bien, fille? La mère voudra le savoir.

Mariette lui fit signe que oui.

— Si jamas...

Elle hocha encore de la tête. Louis se tourna alors vers moi, puis m'ébouriffant les cheveux, me dit d'une grosse voix enjouée...

— 'Pis nous autres, on va aller au village histoire de vouère si Alcide a eu des nouvelles. P'têtre ben qu'y a déjà quequ'un qui t'attend, là, dans le bureau à Alcide. P'têtre ben qu'y commencent à trouver le temps long.

Son sourire se voulait encourageant; je n'avais pas le coeur de lui rappeler qu'il n'y avait rien à espérer.

— Merci ben pour la soupe, là, Mariouche. On se reverra dans deux, trois jours, OK?

Il me poussa doucement devant lui, se dépêchant de fermer la porte avant que le souffle d'hiver ne fasse dissiper la chaleur de la cabane. Le corps crispé de froid, et d'espérance trompée, j'attendais le déclic de la serrure, le mot d'adieu de Mariette, car il n'y avait plus rien à faire : je partais. Un pas dans la neige, un autre, et puis soudain la voix de Mariette derrière nous.

— Qu'a reste, pa.

Louis se retourna, le sourcil tout creusé de surprise.

— Hein? Que c'est que tu dis là?

— Qu'a reste, la petite. Juste une nuitte. Tu viendras la chercher demain si y'ont trouvé sa famille.

Les yeux de Louis allaient du visage de Mariette au mien, questionnant, hésitant. Moi, je retenais mon souffle, ne bronchais pas, mais je l'implorais du regard.

— Moé aussi, des fois, j'trouve le temps long.

Puis me regardant, un petit sourire au coin des lèvres. «Tu sais-tu jouer aux cartes, au moins?»

On joua à la bataille toute la soirée, à la lumière d'une lampe à huile, dans le crépitement d'un feu de bouleau, dans l'immense gémissement du vent dans les arbres; les ombres dansaient autour de nous; les loups, silencieux, se frôlaient contre les murs de la maison et reniflaient notre odeur, et repartaient dans la colline hurler à la lune.

J'appris que c'était à Saint-Georges que j'avais échoué la veille, en descendant du train; à Saint-Georges sur la rivière Winnipeg, en amont du grand lac où les ours, me dit-elle, maraudaient l'été dans les îles, et les plages étaient blanches, longues et désertes, et les vagues traîtresses vous chaviraient un bateau rien que pour rire. On était bien, là, à Saint-Georges sur la rivière, loin des écoles et des garçons; l'eau était bonne, douce; les marécages, le printemps, pleins des oeufs gluants des grenouilles et des nuages noirs de têtards. Mariette en avait gardé dans un bocal, une fois, et avait vu les petites bestioles surgir de la prunelle de l'oeil de l'oeuf. Elle savait où se cachaient les bleuets, les atocas et les minuscules fraises des champs. Il y avait une chouette qui visitait régulièrement la cabane, on l'entendait la nuit, ses griffes contre les bardeaux du toit, ses hululements sonores sondant le noir. Mariette avait gardé plein de choses dans des bocaux de conserve, une chauve-souris, brune et mignonne malgré sa face de boeuf, un salamandre turquoise, des sangsues vertes ornées de chaque côté de leur corps sinueux d'une ligne de picots orange. Dans la «shed» en arrière, elle avait cloué au mur les ailes des perdrix que son père avaient chassées, les bois de plus d'un chevreuil et les queues de quatre castors. Elle aimait les toucher, me dit-elle, les queues surtout, noires et glacées comme des bâtons de réglisse... En parlant de bonbons, j'en aurais pas, par hasard, moi, dans les poches de mon manteau, un morceau de gomme, peut-être, ou une de ces feuilles de menthe toutes saupoudrées de sucre blanc? C'était ça qui lui manquait le plus, ici dans la forêt. Un Coke, de temps en temps, ça changerait le mal de place, un sac de chips ou une barre de chocolat. Pour le reste, elle s'en moquait. Elle n'avait jamais été si bien de sa vie.

J'en était persuadée. Même lorsque je dus m'habiller pour me rendre à la bécosse dans le noir et poser mes maigres fesses blanches sur le bois froid de la banquette et que le vent d'hiver me flagella la peau. Même lorsque je dus prendre sur mon bras l'anse du gros chaudron d'aluminium et descendre avec Mariette jusque sur la rivière, crever à coups de talon la pellicule de glace qui s'était reformée à la surface du trou à eau, puiser avec l'écope, cinq, dix, vingt-cinq fois, pour remplir le seau, me mouiller les mitaines et les manches de mon manteau, remonter la pente vers la cabane et faire déborder avec chaque pas des vagues d'eau qui trempaient les jambes de mon pantalon et la doublure de mes bottes. Même lorsque je me couchai sur le plancher dur, encore toute habillée, enroulée dans une couverture de grosse laine grise qui sentait le poil et la poussière, je rendis grâce au hasard qui m'avait permis de passer cette nuit-là auprès de Mariette...

J'étais étendue face au feu, et les fèves au lard du souper me tapissaient encore la langue. Mon ventre brûlait, mon dos était transi et derrière la grille du poêle à bois les braises viraient au bleu et au vert, faisaient fuser des flammèches étourdies, clignaient des yeux d'ambre, éclataient en poudre grise. J'avais soif - cette chaleur altérante, ces décombres de cendres, la moutarde et la mélasse qui me desséchaient la gorge - mais n'osais pas me lever, quitter mon nid chaud, réveiller Mariette qui ronflait dans ses oreillers de plume. Je songeai au baril d'eau de rivière debout dans un coin de la pièce, aux glaçons suspendus au toit, reluisants comme des glaives d'acier, aux cristaux de neige qui savaient fondre sur la langue comme la rosée au soleil levant. Je me mis alors à rêver aux oranges de Noël, à la peau croquante des

pommettes d'automne, au jus des baies sauvages que je
m'amusais, l'été, à broyer contre mon palais. Je songeais
même aux bananes que, pourtant, je n'aimais pas, leur
longue pulpe, l'odeur farineuse de leurs pelures, quand
un hiatus se fit soudain dans la respiration régulière de
Mariette; un silence éveillé figea la pièce, puis céda sous
la gifle d'un juron. La jeune femme repoussa ses
couvertures, se leva péniblement, puis fouilla un moment
dans le noir sous son lit. Je pouvais suivre tous ses
mouvements dans la clarté rougeoyante du feu.
Lorsqu'elle s'accroupit sur le pot de porcelaine qu'elle
avait tiré jusqu'à elle du fouillis de couvertures et fit
entendre un petit bruit d'eau, je compris enfin et ne pus
m'empêcher de glousser. Une grande fille comme ça...
Mariette releva la tête au son de mon ricanement, se racla
la gorge pour toute réponse, puis flottant comme un
spectre dans sa jaquette blanche, elle traversa la pièce et
alla prendre une tasse sur le comptoir de la cuisine. Elle
puisa à boire dans le baril, remplissant sa tasse deux et
trois fois, puis avant de replacer le couvercle de bois, hésita
une seconde, se décida. La tasse disparut encore une fois
dans les profondeurs du tonneau, en sortit toute
dégoulinante. Soudain, Mariette était là devant moi; elle
me tendait la tasse. Je bus avidement, l'eau me coulait sur
le menton et dans le cou, une eau tiède, pas du tout comme
les oranges dont j'avais rêvé ni comme la chair fraîche des
pommes, une eau au goût de neige sale et d'aiguilles de
sapin, qui avait le don pourtant d'apaiser ma soif. Je dis
merci à Mariette, merci, Mariette, que je lui dis, j'avais si
soif, et je n'avais plus d'oranges. La grande sourit dans le
noir, posa la tasse sur la table et avant de regagner son lit,
mit deux bûches sur le feu. J'attendis que s'enflamment
les tronçons de bouleau, puis me retournant dans mon

fourreau de laine, je sentis la chaleur me frictionner le dos, une main douce sur ma peau, sur ma nuque, une main noire devant mes yeux.

Le lapin avait été dépouillé de sa robe, éviscéré et mis à pendre. Mariette décrocha l'animal de la poutre à laquelle Louis l'avait attaché et me dit d'aller le placer sur la table de cuisine pour qu'il se remette de sa nuit passée au grand air du mois de février. Plus tard, quand on aurait coupé le bois et charrié l'eau, on rentrerait préparer le ragoût. Quand je vins la rejoindre, elle avait déjà placé un tronc de tremble ébranché sur le tréteau, et s'y attaquait avec une grande scie recourbée, faisant gicler comme une eau le bran de scie doré. Elle m'indiqua d'un coup de menton de prendre place en face d'elle, et de saisir l'arc du manche du godendard. Au bout d'un petit quart d'heure, elle m'avait appris à le manier à son exemple. Les dents de l'instrument mordaient dans le bois sec, couinaient, chantaient, s'égosillaient. La sciure s'amoncelait à nos pieds, remplissait nos narines de son odeur suave. Les muscles de mon bras s'allumaient comme des braises ardentes, étaient parcourus de frissons; mes cheveux sous le bandeau serré de ma tuque étaient trempés de sueur, mon écharpe m'étranglait et mes doigts collaient les uns aux autres, étouffés dans mes mitaines. Pourtant ce n'était qu'à moitié que je travaillais, que je jouais au bûcheron, que j'étais là, en face de Mariette. Mon attention errait sans cesse du côté de la forêt, se fixait sur les bruits lointains qui me parvenaient entre les cris de la scie. Car je m'attendais à tout moment à voir Louis surgir des arbres, son gros visage souriant derrière le pare-brise du camion, la place vide à côté de lui m'enjoignant à tout laisser.

Mariette fit du petit bois avec quelques bûches de mélèze. J'admirai l'agilité de ses doigts sous l'assaut de la hachette. Je respirai la résine du bois blanc. Je fis un fagot du bois fendu. Il ne venait toujours pas. Je soupesai la grosse hache enfouie dans une souche, la soulevai au-dessus de ma tête, me fit doucement gronder par Mariette qui évoqua un crâne ouvert, une jambe entaillée, et il ne venait toujours pas. Je descendis sur la rivière, me couchai à plat ventre dans la neige, observai pendant de longues minutes le bouchon d'eau qui montait à la surface de la glace, qui valsait un moment à l'ouverture du trou avant de déborder et de se répandre en noircissant la neige. L'air froid pesait sur moi comme une couette de fer, on aurait pu le trancher d'un coup de lame, j'aurais pu m'y appuyer : les ailes des oiseaux, songeais-je, auraient volé haut dans cet air épais, n'auraient pas louché vers le sol comme au-dessus des champs noirs un jour d'été. J'étais couchée au fond d'un bol, je l'attendais, et il ne venait toujours pas. Je l'oubliai un moment quand Mariette découpa le lapin en morceaux, qu'elle le plaça avec des carottes et des pommes de terre et des oignons dans une grande marmite de fonte, et qu'elle le mit à mijoter sur le poêle à bois. Je l'oubliai, aussi, ce Louis L'Éspérance de la rivière, lorsque Mariette tira vers le milieu de la pièce une grande cuve argentée, qu'elle emplit d'eau tous les chaudrons de la cabane, les mit au feu, et m'annonça de sa voix douce, que cette nuit-là, elle prendrait son bain.

La sauce sauvagine, la chair de lapin qui tombait des os, les morceaux d'oignons sur ma langue comme des perles, je jetais vers Mariette des coups d'oeil furtifs, cherchant parmi ses gestes celui qui trahirait son impatience, son désir de me voir partie, de se retrouver seule avec sa chouette, son vent et l'odeur capiteuse des épinettes. Mais elle ne tournait pas la tête vers la porte, comme moi, à chaque bruit qui, d'un seul coup, nous plantait une forêt entière dans l'abri étroit de notre silence. Elle n'avait ni hâte, ni peur, mangeait le gibier avec appétit, songeait davantage à son bain qu'à la venue de son père - improbable à cette heure tardive, comme je ne cessais de me le répéter. Elle remarqua sans doute ma nervosité, les petits sursauts que je dissimulais mal chaque fois que le vent gémissait sous la porte, car elle me dit, sans me regarder, sans changer d'un trait l'expression de son visage :

— C'était pas cette face-là que j'avais, moé, quand j'attendais, mais ça me donnait mal au coeur pareil. Comme toé, ce soir, et ton coeur gros comme ça qui t'empêche d'avaler mon ragoût.

C'était vrai; je posai ma fourchette pour mettre fin à la comédie.

— Penses-tu qu'il viendra ce soir?

— Pas c'te nuit, ni demain non plus. Des fois, Louis, y vient si peu souvent que je finis par l'oublier. J'oublie de l'attendre, et j'aime mieux ça, de même. J'sus tannée d'attendre, moé.

— J'veux pas qu'il vienne, Mariette. J'veux rester ici avec toi.

Elle ne dit rien, hocha tout simplement de la tête. Je me penchai sur mon assiette pour cacher mon sourire, fit semblant un moment de m'intéresser à un morceau de carotte tandis que tout en moi jubilait (elle voulait bien que je reste, Mariette, elle acceptait de me garder avec elle dans sa maison, dans sa forêt) puis, une seconde plus tard, s'effondrait. Je la regardai, les yeux débordants d'une inquiétude mouillée :

— Tu ne vas pas partir, hein, Mariette? Tu vas rester encore longtemps ici?

Elle leva son regard tranquille sur moi.

— Où c'est que tu veux que j'aille, fille? C'est icitte, mon chez-nous. Puis ma vie, c'est icitte que j'vas la passer.

C'est dans une valise en carton, retenue par des sangles de cuir, qu'elle alla pêcher la bouteille de bain moussant. L'eau fumante répandait dans la pièce son odeur feutrée, mais aussitôt que Mariette déboucha le flacon, l'air surchauffé fut impregné du parfum déroutant de fraises artificielles. Elle se pencha sur le bain et agita l'eau d'une main indolente, fit monter des bulles blanches à la surface grise, se défaisait déjà de ses moccassins, déboutonnait sa blouse, s'assurait d'un regard que je ne l'observais point. J'attisais le feu, le voulais jaune et furieux, pour que la cabane soit chaude pour Mariette surgie des eaux; je penchais la tête sur mon jeu de patience, mes cartes disposées sur un coin de ma couverture, mais du coin de l'oeil, je suivais tous les gestes de la jeune femme, la cérémonie du bain. À la lueur du feu, je vis la ligne de son dos, sa hanche haute et carrée. Sa peau dans la pénombre avait la couleur de la brunante, ses longs cheveux noirs lui cachaient la gorge et la pointe des seins. Je vis la tache foncée dans le bas du ventre, et le ventre brun, mat et saillant comme une panse de chatte. Tout ce corps animal, il y avait toute une forêt d'animaux dans son corps et sous le cuir de sa peau, je les voyais jouer des muscles. Elle se laissa glisser dans l'eau, une loutre sur une berge de rivière, et les bulles se refermèrent sur sa tête. J'eus peur, un moment, de la voir ainsi se noyer, et je me demandai qui est-ce qu'elle avait bien pu attendre, autrefois, avec une face moins inquiète que la mienne, et le coeur tout chaviré.

Louis L'Éspérance de la forêt ne se pointa que huit jours plus tard, et m'annonça, en déballant sa viande, ses fromages et son pain, que s'il fallait se fier aux apparences, Léopold et Amandine n'existaient effectivement plus. Comme moi, ils avaient disparu. La maison de la rue Seine était vide, personne n'attendait sur le pas de la porte que la petite Camille se décide à rentrer. Il insista pour me décrire par le menu toutes les démarches d'Alcide, s'attarda sur chacune des émotions qu'il avait éprouvées en apprenant que moi, une enfant de dix ans, je me trouvais pour ainsi dire tout à fait seule au monde et, sans remarquer que je trépignais d'impatience, se mit à énumérer tous les moyens qu'il avait imaginés pour me venir en aide. Je ne l'écoutais qu'à peine, attendais tant bien que mal qu'il finisse de parler pour pouvoir lui raconter les gros brochets que j'avais pêchés dans un trou dans la glace, le lièvre que Mariette avait pris au collet, les crêpes que j'avais fait cuire pour le déjeuner ce matin-là. J'avais hâte qu'il perde sa tête d'enterrement, qu'il retrouve son large sourire, qu'il m'invite d'un clin d'oeil à venir lever ses pièges avec lui.

C'est ce jour-là que j'appris que ce sont les carcasses de castor qui servent d'appât pour les renards, les lynx, les loups et les coyotes, que la queue des raquettes ne doit jamais quitter la neige, qu'on se sert de collet pour les animaux qui ont la tête plus grosse que le cou, des trappes pour ceux qui ont le cou aussi gros que la tête, qu'il n'est pas nécessaire de mettre des appâts pour attirer les lièvres, qu'au printemps les castors sortent vers trois heures de l'après-midi pour aller manger des jeunes trembles, que seul le pékan se nourrit de porc-épic, que les piquants terribles de la bête fondent comme beurre au feu dans sa peau huileuse, que Mariette avait eu un amoureux et qu'il lui avait laissé, avant de partir, un joli petit cadeau. Je mâchais mon saucisson, fermais les yeux contre la boucane qui s'élevait de la petite flamme dans la neige, me brûlais la langue et le palais sur la tisane verte de Louis, en songeant à Mariette, à son amant, aux cadeaux qu'on se donne quand on s'aime : des chocolats, des fleurs, des flacons de bain moussant, de vagues promesses, et des souvenirs... Je me demandai ce que Gabriel avait fait du ciel que, moi, je lui avais donné en cadeau, ce ciel vide et transi d'attente, je me demandai de quel bruit d'ailes il l'avait rempli? Assise sur une bûche devant le feu de Louis, dans la neige et la fumée et l'odeur des bêtes, je me surpris à espérer, avec toute la ferveur de ma jeune âme, qu'il l'ait laissé vide, mon ciel - nu, creux, vacant, dépourvu - vide de tout, depuis ma plaine jusqu'aux larges horizons.

Chapitre VII

De ma place sur la berge, debout dans la soupe odorante faite de feuilles mortes, d'humus et de neige pourrie, j'assistais à la débâcle d'avril. Aux premiers jours du printemps, je m'étais réveillée la nuit, le coeur tout ébranlé, aux mugissements de la rivière gelée. Des coups de tonnerre se prolongeaient entre les arbres, faisaient vibrer toute la forêt. La glace se rompait dans un fracas qui menaçait, me semblait-il, de faire éclater la terre. Puis la face de la rivière se gangrena, et je pus voir les rais du soleil s'immiscer dans les crevasses de sa peau, fouillant les plaies d'un doigt impatient, faisant jaillir enfin sous l'insolence de sa visite le sang noir de ses eaux. La rupture se fit au cours d'une nuit calme, quand la couverture de

glace, coincée entre l'épaule de la rivière et la joue ronde
de la lune, se fendit dans un rugissement féroce, se fractura
et joncha l'espace entre les berges tranquilles des os
énormes de l'hiver. Lorsque je courus à la rivière le
lendemain matin, les blocs de glace fuyaient devant mes
yeux, charriés par la rivière dans sa course sauvage vers
les eaux bleues du grand lac... Mariette venait me retrouver
de temps en temps, ses grosses bottes bruyantes dans la
vase suçante de la fonte, elle me mettait une main sur
l'épaule, et ensemble, nous regardions s'enfuir l'hiver.

Au plus noir de la saison, j'avais découvert un livre
d'école enfoui dans les affaires de Mariette, un roman
qu'elle avait gardé en souvenir de sa dernière année
d'études. Elle-même ne l'avait pas lu parce qu'elle l'avait
trouvé trop difficile. Je contemplai longuement la
couverture du livre avant d'oser l'ouvrir et d'en parcourir
les premières pages. Le dessin figurait une jeune fille aux
cheveux blonds assise à l'ombre d'un arbre, une ombre
épanouie comme une fleur sur le sol, dans laquelle deux
bêtes blanches paissaient. Ce fut l'arbre, je pense, qui
m'éveilla d'abord à l'étrangeté de la scène; quelque chose
dans sa forme, peut-être, cette large frondaison aplatie qui
se découpait sur un paysage de basses collines blanches.
Et lorsque je m'aventurai parmi les mots des premières
pages, je sus sans aucun doute que je me retrouvais
effectivement en pays étranger. En ouvrant tout
simplement un livre, j'avais découvert une contrée où les
gens se nommaient Clarius, Ursule, et Oscar, où l'on
portait des chéchias, où l'on pouvait souffrir du scorbut
de l'âme. Petit à petit, surmontant ma gêne et ma crainte,
je me laissai emporter par les images de ce livre de conte,
tout comme, enfant, je m'étais laissée ravir par les légendes

wallonnes de ma mère. Je trouvai les mots difficiles, d'abord, et les phrases parfois très longues, et je lisais lentement, un doigt sur la page. La nuit devant le feu, je ne quittais pas une phrase sans l'avoir maîtrisée, sans avoir extirpé de tous ces signes morts le goût et l'odeur de la vie. C'était une discipline à laquelle je me pliais avec ferveur, et Mariette se moquait gentiment de moi, me traitait d'écolière, menaçait de m'envoyer me faire instruire auprès de la maîtresse du village. Mais le jour vint où je pus sans hésitation lire les pages du roman à haute voix. Le soir, lorsque Mariette était couchée, son ventre formant une enflure légère sous le poids des couvertures, pendant que les vêtements humides de notre lessive fumaient au-dessus de notre tête, que le poêle à bois ronflait et que le vent du mois de mars faisait trembler les carreaux, je m'installais sur le lit de camp qu'on m'avait enfin déniché et, fière de moi, je lisais pour Mariette la suite d'aventures de Clarius Signoret, alias l'Homme clair. Elle écouta, d'abord - je n'en étais pas dupe - uniquement pour me faire plaisir. Elle s'impatientait, poussait des soupirs exaspérés quand je trébuchais sur un mot, ou m'éternisais dans des explications. Mais petit à petit, elle tombait dans le silence, cessait de bouger dans son lit, se concentrait sur les images que je lui dessinais à coups de mots couleur d'eau.

La chevrière fit son apparition un soir d'hiver quand le gel faisait éclater les arbres, qu'une fesse de castor mijotait dans le chaudron, et qu'on avait épuisé toutes les ressources des jeux de cartes. Mariette me demanda de reprendre le livre et d'en lire quelques pages. Je tombai cette nuit-là sur celles qui racontent l'histoire de Clarius à la chasse au sanglier où, seul à son poste dans la forêt, il reçoit la visite de «la biche», la jeune chevrière qui lui fait

manquer sa proie. Mariette m'écoutait attentivement
lorsque, au bout de quelques minutes de lecture, une braise
vivante sauta à travers la claire-voie du poêle et vint se
nicher dans ma couverture. Je dus poser le livre un
moment pour éteindre le charbon entre mes doigts
mouillés et, comme je mettais du temps à retrouver ma
place, Mariette parla tout bas :

— A va tomber en amour avec lui, la sans dessein.

Je le trouvais de mon goût, Clarius; il me semblait que la
chevrière eût pu choisir pire. Mais je ne dis rien.

— Parce qu'y est pas du village. Parce qu'y est nouveau.

Oui, pensais-je. Et parce qu'il est beau, jeune et instruit et,
que pour toutes ces raisons-là, il méritait qu'on tombe
amoureuse de lui. Mais je ne dis encore rien.

— Tu sais comment ça se passe, quand on tombe en amour
de même avec que'qu'un? Quand on le voit, là, pour la
première fois, assis au comptoir du café de la Main? Y'a
peut-être ben une cigarette au coin de la bouche, le gars,
pis y te semble que t'as jamas vu que'qu'un fumer de
même, j'sais pas moé, comme s'y s'en sacrait ben si tu le
regardais ou pas, que la seule chose au monde qui compte
pour lui c'est sa maudite cigarette pis la fumée qu'a fait.
Pis y'a les cheveux noirs, pis épais, comme la tête des beaux
bucks d'la réserve, 'pis y les peigne comme personne
d'autre au village, surtout pas comme les gars de ta classe.
Eux-autres, y'ont toutes la tête coupée en brosse, c'est le
vieux qui leur fait ça les samedis soirs avec son rasoir
électrique, pis des fois, pas par exprès, y leur coupe la peau,
pis on peut voir les gales pis les croûtes le dimanche matin
à messe... Pis c'te gars-là, y'a p'têtre ben les yeux bleus,
y'ont toutes les yeux bleus ces torrieux-là, c'est ben pour
ça qu'on tombe en amour par-dessus la tête avec eux-
autres, parce que c'est ben simple, y'a n'a pas d'yeux bleus

par icitte, rien que des Méchifs pis des habitants aux yeux ben foncés. Pis y'a que'que chose, aussi, à la bouche, le gars, de belles grosses lèvres, p'têtre ben, ou des dents ben blanches, ou est p'têtre croche, un peu, sa bouche, un peu de travers, comme, et pis ça y donne, au bonhomme, un petit air fin. La première fois que tu le vois, c'est pas mêlant, y'a que'que chose qui se brasse en toé, t'as le ventre qui fait mal, pis le creux des mains toute mouillé. Tu t'en vas chez toé, tu rentres souper, tu manges mal, tu te couches, pis t'es pas capable de dormir, tu fais rien que penser au gars que t'as vu là, à sortie de l'école. Pis les jours passent, y'a les devoirs, pis les amis, y'a la vieille qui crie après toé, pis le vieux qui te sacre le yiable, pis tu finis par l'oublier, le beau gars du café de la Main, pis un jour, quand tu marches tout seule le long de la rivière, pis les feuilles jaunes tombent sur toé comme une pluie, et les outardes volent si bas qu'y te semble que tu pourrais lever un bras pis y toucher, tu le rencontres, comme ça, le gars, en plein milieu du bois, la rivière d'un côté, les arbres de l'autre, pis y'est pas large le sentier, pis y'a personne d'autre, pis y faut ben se regarder dans les yeux, pis se faire un p'tit sourire, puisqu'on tombe quasiment un par-dessus l'autre. Pis quand tu t'es levé la tête et que tu l'as aperçu, et y'a eu comme une douleur, là, qui t'a ouvert le coeur, c'est là que t'as compris que tu l'avais pas oublié. Pantoute. Que même, sans le savoir, sans te l'avouer, tu l'attendais, tu l'espérais, tu faisais toute pour le revoir, parce qu'on aime donc ça avoir mal au coeur, de même, pis les mains toutes mouillées...

Mariette faisait branler sa tête, lentement, lentement.

— Espèce de sans dessein.

Elle s'était arrêtée. Mais moi, je voulais savoir la suite de l'histoire. De celle qu'elle me racontait. La sienne. Qui,

curieusement, me rappelait la mienne. Ce coeur qui bat,
cette gêne, cette hâte, aussi, et tout cet espoir, c'était donc
ça, l'amour... (Moi, Camille, j'avais donc aimé...?) Je voulus
connaître la fin de l'histoire.
— Est-ce qu'on le revoit, Mariette, le beau gars aux yeux
bleus?
Mariette ricana un moment, puis enfin, se décida à
continuer.
— Oh oui, on le revoit. On s'arrange toujours pour le
revoir, et on se fait donc belle avant d'aller le rencontrer,
on se met du parfum derrière les oreilles, et la nuitte, avant
de se coucher, on se brosse les cheveux, cent fois, mille
fois, pour les faire briller, pis on se mouille les lèvres, et
les cils pour essayer de les rallonger, pis on se pratique
devant le miroir de la salle de bains, pis tout le monde
cogne à la porte pis te crie des bêtises, mais tu les envoies
chier, pis tu restes là, plantée comme un poteau devant le
miroir, essayant des petits sourires en coin, des battements
de paupière, pis tu te fais une faim, là, à te regarder, à te
trouver belle, pis tu te fais des idées, pis t'as faim, t'as
faim, c'est pas croyable comme on peut avoir faim... La
première fois qu'y te prend la main, tu penses que tu vas
tomber sans connaissance, c'est si fort. Tu marches, tu
bouges, les feuilles font un bruit de sacrament sous tes
pieds, tu parles avec lui des arbres, de l'eau, de toutes
sortes de bêtises, mais tout ce que t'as dans tête, c'est sa
main dans la tienne, nue, qu'elle est, rien là, entre sa peau
pis la tienne, pis t'en reviens pas, c'est quasiment
scandaleux, c'est péché, certain, parce que c'est si chaud,
pis c'est bon, pis tu sens ses doigts entre les tiens, ses longs
doigts d'homme qui te fouillent la peau entre les doigts et
c'est quasiment trop, ces doigts tout nus qui te serrent la
main, pis y te semble que tu pourrais y donner n'importe

quoi, à c'te gars-là, pourvu qu'y l'enlève pas, sa main, pis après un boutte de temps, sont toutes trempes, sa main pis la tienne, pis a collent ensemble, pis rien qu'à y penser, à cette main mouillée dans ta main, t'as comme un vertige qui te prend, parce que c'est toute là, finalement, pis on le sait, c'est toute là, dans les mains, et si on finit par se donner à c'te gars-là, c'est va t'être à cause de ses mains. Pis le pire c'est qu'y le sait, le torrieux, y sait que quand ta main est toute molle dans la sienne, pis que t'as les yeux qui te tournent dans la tête, pis tu sais pus ce que tu racontes, pis que ça fait mal, là, t'as comme un poids sur le coeur pis la gorge toute en noeuds, y sait que tu l'empêcheras pas de t'embrasser. Que c'est ça que tu veux, arrête de te faire accroire, c'est ça que tu cherches depuis la première fois que tu l'as vu fumer une cigarette. Pis c'est si facile là, à part de't ça, dans forêt, où y'a personne qui va vous voir, de t'accoter contre un arbre, de te glisser contre un bouleau, pis de t'approcher, approcher sa belle face, son long corps de beau garçon, pis de t'l'appuyer contre les cuisses, contre le ventre, contre les seins, pis quand y te touche comme ça, avec tout son corps pis ses mains itou, tu fonds en dedans, c'est comme de l'eau dans tes tripes pis entre tes jambes, pis dans ta tête, y'a pu rien, juste du ciel bleu, pt'être ben, ou l'image d'une feuille de tremble qui vient de quitter sa branche et qui tombe par terre, pis ça te semble si beau, ça, c'te feuille qui tombe, tu tombes, toé aussi, comme en extase, tu te fermes les yeux, pis lui, en attendant, y'en profite pour te coller sa bouche contre la tienne.

Mariette avait de toute évidence oublié jusqu'à l'existence de l'homme clair et de sa petite chevrière, ne savait même plus que moi, je l'écoutais toujours, remuée étrangement par ses mots à la fois si durs et si tendres, et je ne cessais de ressasser ma découverte à moi, de la prendre dans mes mains, de la palper, d'en mesurer le poids et la portée, toute bouleversée d'apprendre que les émotions qui m'avaient étreinte pendant les longs moments d'attente dans mon terrain vague, ces jours où j'avais guetté le pas de Gabriel, l'odeur de la fumée de sa cigarette, l'air flou et dissonant qu'il s'amusait à siffloter, n'avaient été nulles autres que celles de l'amour. J'écoutais Mariette et il me semblait l'entendre décrire les tourments de mon enfance, lorsque j'aimais et ne savais pas que j'aimais, lorsque je voulais Gabriel, je voulais qu'il vienne se tenir dans mon jardin, sans dire un mot, et lever la tête comme moi vers les oiseaux, lorsque sa seule présence dans mon champ d'herbes folles savait l'illuminer.

— Pis c'est là que ça se corse, c't'histoire-là, quand y sait, le beau gars aux yeux bleus, que tu peux pus te passer de ses mains sur ton corps, pis de sa langue dans ta bouche, pis c'est ça qu'y attendait, justement, le maudit, que tu couines d'envie quand y s'approche de toé, tu peux pas t'empêcher, c'est plus fort que toé, pis qu'y te glisse une main sous ta blouse pour te frôler le bout des seins, pis ensuite qu'y te fait attendre, fais assemblant de t'avoir oubliée, là, une semaine ou deux, pis y sait que t'en dors pus, t'en es presque malade de le vouloir, lui pis ses lèvres, pis sa cuisse entre tes jambes. Y te laisse pâtir, là, dans le beau soleil jaune de la fin de septembre, pis tu te promènes toute seule dans la forêt près de la rivière, pis tu te retournes, tu lèves la tête, chaque fois qu'une branche craque dans ton dos, pis t'espères tellement qu'y vienne, pis tu l'attends, pis tu le veux, ça pas de bon sens tellement tu le veux. Pis le jour où tu penses crever, tellement que tu veux q'y vienne, le jour où vraiment t'en peux plus, t'as pleuré, pis gémi dans la nuit, t'as même dit un rosaire et promis une neuvaine, t'as pas mangé de cochonneries, pour le sacrifice, comme pendant le carême, tu t'es mis à genoux, les bras en crucifix, suppliant le Bon Dieu d'exaucer ta prière, ben ce jour-là, y se pointe, le sans-coeur, après t'avoir fait chier comme ça pendant une semaine, pis là, sans même te dire bonjour, sans expliquer son grand silence de calvaire, y te roule dans les feuilles puis fouille dans ton linge, pis effronté comme un bâtard, y te déshabille là, dans les bois, pis toé, t'es tellement affamée que tu le laisses faire, tu l'aides même, t'arraches ton linge pis tu y prends les mains, pis tu y montres comment faire, le sans dessein, parce qu'y est ben trop lent, ça fait huit jours que tu l'attends, que t'es prête, pis enfin y grimpe sur toé, pis y t'enfonce dans la terre, ton dos sur les branches pis les feuilles mortes qui font un enfer de bruit dans tes oreilles, pis y fait du bruit lui itou, pis y te déchire en-dedans, pis ça fait mal, c'est pas ça pantoute que tu voulais, tu t'es trompée, mais c'est trop tard, c'est tout fini, pis t'es toute mouillée, ça sent fort, ça pue les fleurs pourrites, pis lui y grogne de plaisir, pis toé t'as mal au ventre, t'as mal au coeur, t'as pus rien que envie que de brailler.

Mariette se leva, se cabra le dos pour s'étirer, fit bomber sous sa jaquette son ventre tout plein d'enfant, se baissa pour attiser le feu. Elle ne dit plus rien pendant un moment, contempla la danse folle des flammes puis, d'un mouvement très lent, elle se redressa. Sans détourner les yeux du feu, elle dit tout bas :

— Pis le torrieu, j'te gage qu'y les roule encore dans les feuilles, les nounounes comme y'en a tant, tandis que moé, tout seule dans la forêt, j'lui tricote un petit.

Tout compte fait, je préférais mon histoire à la sienne. N'empêche que ce printemps-là, lorsque je me tenais debout devant la rivière en crue, que je sentais sous mes pieds le grouillement de la terre, que j'avais dans les narines l'odeur de la sève du regain, et que toute la forêt embaumait la vie, la joie qui me mettait le coeur en boule était faite, justement, de l'histoire de Mariette, de son enfant qui, petit à petit, s'inventait dans le noir, de ce Clarius aussi, et de mon Gabriel. Des histoires d'amour qui faisaient courir le sang dans mes veines, et m'empêchaient de dormir, qui m'envoyaient promener dans la forêt à la recherche d'un plus grand air, peut-être, d'un ciel plus bleu. Mais au milieu de mes rêves, au tournant d'un sentier, je me rappelais l'enfant qui se préparait à naître, qui pourrait arriver sans crier gare, et je me hâtais de rentrer auprès de Mariette. Elle me laissait parfois mettre la main sur son ventre et je pouvais lire sous mes doigts et dans ma paume, le contour d'un petit pied, d'un genou, peut-être, ou d'une fesse. L'odeur de sa peau m'enivrait, j'aurais pu me mettre les bras autour de sa grosse bedaine, m'enfouir le visage dans sa chair, la mouiller des larmes qui débordaient du trop-plein de mon coeur, mais elle me chassait gentiment, Mariette, elle refermait sa chemise, me disant d'attendre, qu'un jour il m'en pousserait un, pareil, c'était promis, qu'avec mon regard doux et mes cheveux de lin, ils seraient superbes, mes petits, sauvages, faits à mon image, de beaux enfants aux yeux clairs.

Un jour, Louis aperçut la copie abîmée du livre d'école de Mariette et il fut pris de remords : il avait été entendu au bureau municipal qu'on me laisserait rester avec Mariette à condition que Louis se charge de m'apporter des manuels du programme scolaire. Il avait trop longtemps négligé de m'instruire. À partir de ce moment-là, il ne nous amena plus de provisions sans qu'il y ait caché quelque part dans les boîtes un volume ou deux à mon intention. C'était de vieux livres d'école, aux pages jaunes et cornées, qui sentaient la colle et la moisissure, mais je les dévorais, Racine et Molière, les manuels de géographie, de catéchisme, de science et de mathématiques, sans discrimination, avec la même ardeur et le même appétit. Grâce à Louis, je m'étais constitué dans un coin de la cabane une bibliothèque respectable, et dans ma petite tête de fillette de onze ans, tout un univers de faits cocasses, disparates, fatalement incompris. Plus tard, à l'Académie, les bonnes soeurs auraient un mal épouvantable à m'extirper ces curieux concepts de l'esprit, mais jamais, jamais, elles n'arriveraient à m'enlever les mots que j'avais découverts et appris par coeur en feuilletant les pages de ces vieux livres odorants. C'est ainsi que Louis L'Espérance de la forêt parfit mon éducation. Lui qui m'avait donné en héritage le vrai ciel et une plus grande terre, il me fit don, aussi, des mots pour les nommer.

Le mois de juin. Les feuilles des arbres insolentes de santé, la mousse sous nos pieds regorgeante de pluie et du frais des nuits douces. Je n'osais plus m'aventurer loin de la cabane, me contentais de descendre à la rivière, et de pagayer un peu dans le courant, de pêcher la perche à la ligne, de rabattre à coups de hachette la folle luxuriance du sous-bois qui menaçait d'étrangler les pistes que je m'amusais à tailler entre les bouleaux. Je partais aussi quelque fois avec Louis, jamais loin, jamais longtemps, et toujours avec mauvaise conscience, à cause de ce ventre splendide qui, de minute en minute, se tendait sous la poussée de l'enfant. Je ne laissais Mariette seule que rarement, je craignais de rentrer à la maison et de la trouver, calme et souriante, un bébé dans les bras, comme on découvre la chatte donnant la tétée dans le panier de lessive au fond d'un placard. Je ne voulais surtout pas rater le spectacle. La naissance des chatons, j'avais déjà vu ça. Celle des chiots, aussi, je connaissais. J'avais été témoin de toute une série d'éclosions de bébés rouges-gorges, de geais bleus, et bien sûr, de pigeonneaux. De la fourrure, des plumes, des griffes et des becs... Mais il ne m'avait jamais été donné d'assister à l'avènement d'un bébé d'homme, à la mise au monde d'une chair de notre chair, des yeux de nos yeux, du souffle de notre souffle.

Louis m'avait emmenée ce jour-là à la cueillette des chanterelles; il en avait vu plein, disait-il, dans le pré derrière chez Dupuis après la pluie des premiers jours du mois. Ce n'était pas loin chez Dupuis, surtout en camion; on y passerait une petite demi-heure, puis je reviendrais vite trouver Mariette, assise au soleil comme d'habitude, ses mains croisées sur son bedon, somnolente dans les rais chauds de l'après-midi. Malgré nos meilleurs efforts pour le dénicher - baisse-toi, Camille, on voit rien à se t'nir deboutte de même; r'garde, r'garde, quand on en trouve un, on en trouve vingt; ben coudon, j'les ai pas rêvées, ces câlisses de chanterelles-là - l'ingrédient principal de la soupe préférée de Louis resta introuvable. On rentra bredouilles, Louis se grattant la tête, moi avachie sur la banquette du camion, presque endormie dans la chaleur assommante de fin d'après-midi. Mais aussitôt que Louis freina devant la porte de la cabane, je me réveillai, tous les sens immédiatement en alerte. Mariette n'était pas à sa place habituelle, la petite clairière était vide, et il y avait dans l'air une odeur acide, un relent de peur. Je poussai la porte de la maison. Elle n'y était pas. Sans perdre une seconde, je descendis vers la rivière, et là, sur un talus de verdure, couchée dans une flaque de lumière, je la vis, ses grands yeux bruns tout ronds d'effroi, sa bouche pleine d'un sourd gémissement. Je m'agenouillai à côté d'elle dans la mousse, j'écartai les branches qui lui effleuraient le visage, je lui essuyai du bout des doigts le front tout moite de sueur. J'entendis Louis, arrivé en courant, qui, lui aussi, commençait à gémir, invoquant à tour de rôle le nom de la vierge et celui d'Eulalie.

— C'est ça, lui dis-je, va donc la chercher. On vous attendra ici, Mariette et moi.

Puis, lui montrant mon sourire le plus confiant : «J'ai comme l'impression qu'on n'ira pas bien loin, cet après-midi...»

Mais je n'avais pas compté sur l'agilité de la jeune femme, ni sur sa peur, ni sur sa nervosité. Car aussitôt que je me retrouvai seule avec elle, elle fit des efforts pour se relever, me supplia de l'aider, insista pour se mettre à marcher, même à courir, sur les vilains sentiers raboteux de la forêt. J'essayai un moment de la supporter, de la suivre dans ses allées et ses venues, mais bientôt elle tournait si vite en rond, comme une petite bête coincée, que je finis par m'asseoir sur une bûche et la laisser tourner. J'avais envie de rire; elle était si comique dans sa grande robe ballonnée et ses vieilles espadrilles. De quoi, au juste, pensait-elle pouvoir s'enfuir comme ça? Comment, enfin, pensait-elle pouvoir échapper à la volonté de l'enfant qui, à ce moment précis, s'était décidé à venir battre des paupières dans la lumière du monde? Je ne comprenais pas sa peur, je ne comprenais pas son mal, je ne savais rien de la douleur de l'enfantement. Les chattes que j'avais vues mettre bas n'avaient poussé que quelques faibles feulements, les chiennes avaient glapi une fois ou deux, et les sacs tout grouillants de vie s'étaient glissé d'entre leurs pattes avec un drôle de bruit d'eau. Mais maintenant, elle ne tournait plus, ses yeux exorbités me suppliaient, je tendais l'oreille en vain vers le ronflement du camion de Louis, je voulais qu'Eulalie arrive pour mettre fin aux cris de douleur qui s'échappaient maintenant de sa bouche, je voulais que la mère arrive pour la coucher, lui relever la jupe, et prendre dans ses mains sûres et confiantes le bébé qui ne tarderait certainement pas à se présenter. Mais Eulalie n'arrivait pas, et les jambes de sa fille ruisselaient d'eau. Sous l'étoffe de sa robe, son ventre se crispait; et chaque fois ses yeux noircissaient d'étonnement et de peur. Finalement, je parvins à la coucher par terre, sur la mousse et les racines du sentier, et je pris sur mes genoux sa tête mouillée, ses cheveux tout noirs de sueur et de chaleur et du sel de ses larmes. Je lui caressais la joue, je l'appelais Mariette, ma Mariette, je criais avec elle, je pleurais avec elle. Quand elle s'enfonça les doigts dans la terre, je la pris contre moi et je serrai, sa tête contre ma poitrine, son dos sur mes cuisses. Je pouvais sentir dans mon corps, dans mes propres viscères, l'enfant qui lui déchirait les entrailles, qui lui écartait les os, qui s'arrachait avec toute la force de son être de l'étau de ses chairs. Le sol sous elle s'imprégnait de son sang, la forêt résonnait de nos cris. C'était intolérable, absolument intolérable, tout ce sang, toute cette douleur. J'étais convaincue qu'elle mourait, que l'enfant ne viendrait jamais, qu'il avait besoin d'aide, que c'était de ma faute parce que je ne savais pas l'aider à naître, je ne savais pas comment on fait pour naître, et qu'ils mourraient tous les deux, Mariette et son enfant, parce que j'étais née, moi, il y avait de ça bien trop longtemps, et que j'avais tout oublié. Je criais si fort et Mariette criait si fort, les yeux fermés, la tête renversée, nos corps crispés dans une agonie de travail, qu'on n'entendit pas l'arrivée de sa mère. C'est sa voix murmurante qui se glissa comme un filet de fumée dans la peur et le tourment, c'est sa main brune sur le ventre contracté de Mariette, ce sont les draps blancs qu'elle plia et déposa sur le sol qui firent taire nos clameurs de suppliciées et nous obligèrent à regarder. Car elle était là, nous dit Eulalie, la couronne de la petite tête, elle poussait vers le monde comme la tige fend la terre pour accéder au ciel, ses lèvres allaient bientôt s'écarter sur leur premier souffle et ses yeux s'ouvrir sur leur premier jour.

Je me mis à regarder, je n'en avais pas assez de mes deux yeux pour voir. Je vis l'enfant, et son cordon noueux de sang, je vis sa peau fripée et rose et duvetée dans les doigts bruns d'Eulalie. Je le vis couché sur le ventre affaissé de Mariette, sa petite tête tournée vers le visage de sa mère, sa bouche avide de lait creusant dans les plis de sa chair.

Jules, c'est Jules qu'il s'appellerait, cet enfant de la forêt, et je ne cesserai, pendant des jours et des jours, de m'extasier devant lui, de le prendre tout nu dans mes bras, d'embrasser son petit corps, de respirer l'odeur sucrée de sa peau, de goûter dans la perfection accomplie de sa chair à l'indulgence souriante de Dieu. Moi qui me croyais le coeur déjà tout plein de choses - du ciel, du vent, et du bruissement d'ailes - je m'imaginais mal que l'enfant puisse s'y trouver aisément un coin. Mais avec l'arrogance du nouveau-né, il balaya de sa petite main toutes les reliques de mes vieilles amours et m'occupa tout entière...

Pendant trois ans, il fut mon bébé, mon fils, mon petit frère, le compagnon fidèle de toutes mes heures sauvages. C'est lui, ce tout petit bonhomme, qui m'apprit l'amour et sa glorieuse tyrannie; lui, l'enfant, qui me fit comprendre que, moi, je ne l'étais plus. Il ne pleura pas, le jour où je l'ai quitté. Mais une ombre lui assombrit le regard, et mon nom, la dernière syllabe mouillée de mon nom, fit trembler sa petite lèvre. Louis m'emportait de nouveau vers la ville que j'avais fuie, j'entrais pensionnaire dans un couvent, car un jeune homme aux yeux noirs était venu me ravir ma belle Mariette et l'avait emmenée vivre avec lui sur ses terres au nord de la rivière. Il me fallait donc laisser Jules et les bouleaux, l'eau brune et les tourbières, et me livrer à la volonté de femmes sévères en habit noir. Jules ne m'envoya pas la main, ne me fit aucun signe d'adieu. Il me serra très fort le cou, leva ensuite la tête comme pour suivre du regard un mouvement dans le ciel. Je songeai que je ne le reverrai plus; et me demandai s'il en serait toujours ainsi de ma vie, si le sort ne me réservait que des amours finies et passagères. Fugaces comme l'oiseau.

* * * *

Il y avait un grand jardin potager derrière le couvent des soeurs et au fond d'une cour verte, une petite pergola où il faisait bon s'asseoir, les jours de grande chaleur, un livre ouvert sur les genoux. Mais c'étaient les choux-fleurs du jardin qui faisaient surtout mon bonheur, les queues coriaces des poireaux, les fougères des carottes, la peau cireuse des haricots jaunes. Il me semblait retrouver Léopold dans le potager des soeurs; il me semblait parfois que je tenais entre mes mains calleuses le manche de son sarcloir, que c'était avec ses pieds que je foulais la terre entre les rangs feuillus, avec ses yeux que je suivais la danse des papillons blancs; il me semblait parfois que je devenais Léopold. J'étais heureuse dans mon jardin, parmi les mottes noires, les tiges blanches, les feuilles chaudes et velues, et j'étais heureuse aussi quand, des balcons de bois qui tapissaient la face arrière du couvent, j'accrochais aux longues cordes à linge les draps, les aubes et les tabliers blancs des soeurs pour les laisser voler au vent. Je sarclais, je lavais et je repassais, j'épluchais les pommes de terre et les panais, je faisais la vaisselle, j'astiquais les planchers, je montais à l'infirmerie pour apporter aux vieilles soeurs alitées leurs jus et leur café. Pour m'épargner l'humiliation d'aller en classe avec mes cadettes, Soeur Marie de l'Immaculée Conception s'asseyait avec moi le soir et me faisait la leçon. Elle s'appliquait fort bien à la tâche, mais j'étais souvent distraite : la fatigue du grand air, sans doute, le travail et l'indolence de mes treize ans. Je m'amusais à admirer le doux visage de Soeur Marie plutôt que de m'absorber dans des calculs et les faits divers de l'histoire d'Angleterre. Elle était belle, de cette beauté transparente que l'on ne voit, d'habitude, que chez les anges des Maîtres et les tout petits enfants, et c'était à la fois terrible et merveilleux de voir ce visage exquis ainsi brimé par le voile noir. Mon regard errant sur le front impeccable que serrait la guimpe blanche, je laissais aussi divaguer mon esprit, songeais à la peine d'amour qui l'avait envoyée au couvent, aux yeux humbles qui refusaient de voir l'évidence du miroir, à l'abnégation qui ne vouait qu'à Dieu ce qui savait réjouir le coeur des hommes. Sa piété m'attirait comme une eau trouble et son austère beauté me séduisait, et pourtant, je ne voulais pas la suivre dans les couloirs étoupés de son couvent, ne pouvais pas me détourner à jamais de l'amour des hommes. Car, si elle avait trouvé son Dieu dans l'intangible de l'éternité, moi, le mien, je l'avais découvert dans le temps. J'avais reconnu la trace de sa main sur la peau d'un nouveau-né, je l'avais vu dans les yeux d'un garçon, debout, la tête haute, au milieu de la plaine, son regard plein de la nostalgie du ciel.

Ce fut Loïc qui vint me consoler de l'absence de l'autre. Un enfant plus âgé que Jules, plus déluré aussi, un gamin des rues pour qui les clôtures et les barrières ne signifiaient rien. Tout ce qui traînait dans les cours privées, dans les garages, sur les trottoirs et les ruelles lui appartenait. Il croyait qu'il n'avait qu'à se servir : les outils, les vélos, les jouets, les casquettes étaient autant de cadeaux qu'on lui faisait, mes tomates et mes carottes, une récolte à laquelle il avait droit. Un beau matin du mois d'août, il était descendu dans le potager des soeurs, un sac en papier à la main, et s'employait à déterrer d'un doigt crochu tout un rang de betteraves quand je l'aperçus du haut d'un balcon. Je descendis à la course, mais il m'avait vue, avait escaladé la clôture et déguerpi, son sac débordant des fanes de mes légumes. Il avait de toute évidence trouvé mes betteraves à son goût parce qu'il se pointa encore deux ou trois fois pour en finir avec ce rang-là, tant qu'à faire, avant que je ne puisse le surprendre. Mais le jour où je pus enfin l'attraper, Loïc n'avait rien dans les mains, n'avait pas volé une seule petite cosse de pois, était debout devant quelques vieux clapiers que l'homme à tout faire avait remisés derrière le garage des soeurs. Il me vit approcher, et l'air innocent, naturel, comme si c'était tout à fait dans l'ordre des choses qu'il se trouvât là, parmi les affaires des autres, qu'il n'y avait absolument pas de quoi s'étonner, il se tourna vers moi et me demanda dans l'accent chantant de ses ancêtres bretons que diable avait-on fait des lapins? Je ne pus lui répondre, et devant ses grands yeux marron, aussi doux, aussi sauvages, que ceux des bêtes à poil de la forêt de Louis

L'Espérance, je ne pus, non plus, le gronder. Il était parfaitement charmant, ce petit voleur - ses mains agiles, ses chaussures trouées, les poches de son pantalon bourrées de trésors illicites - et passablement puissant, étant maître incontesté du territoire qui s'étendait entre les deux rivières, maisons, remises, poubelles, magasins, ruelles, comptoirs, allées, et terrains vagues lui ayant révélé tous leurs secrets. Il me raconta ses aventures, et j'écoutai avec effroi ses épopées de voyou, l'imaginai risquant sa peau entre les jambes d'épiciers furieux, derrière les portes de ménagères indignées, entre les voitures des rues principales et les wagons de la voie ferrée, sous les ponts, sur les toits, dans les caniveaux, aussi rusé et aguerri que le plus vilain des matous. Malgré moi, j'admirais sa témérité, aurais voulu faire comme lui et me balancer sans crainte le long des gouttières et au-dessus des rivières, me promener aussi dans les rues lointaines de la ville et m'y sentir chez moi.

C'est sans doute à cause de Loïc que je me risquai, cet automne-là, à l'extérieur de mes quatre murs. Avant qu'il n'échoue dans mon jardin, je n'aurais jamais osé quitter le refuge du couvent, avais bien trop peur de me perdre dans la forêt farouche de la cité. Mais peu à peu, je pris l'habitude de partir en promenade, me laisser aller au fil des rues. Je fis semblant, pendant un temps, de ne vouloir que marcher, afin de dégourdir mes mollets ankylosés par le travail, de croiser dans la rue des gens ordinaires, de découvrir la logique des boulevards et des avenues. Mais au bout d'un certain temps, au bout d'errances apparamment sans but et sans attente, je dus admettre que, dans les méandres de la ville étendue à

l'ombre de la coupole de mon couvent, il y avait une rue
que je cherchais, une rue et une rivière.

Un jour mouillé du mois de septembre, il me semblait
que je ne respirais plus derrière les murs de pierre du
couvent. Il me fallait sortir à tout prix, en dépit du ciel
gris, et sentir la pluie sur mon visage. Je me mis à suivre
une rue, et puis une autre. Le passage des autos dans les
grand'rues m'arrosait d'eau sale, la pluie devenait plus
froide, il faisait sombre comme au crépuscule d'un soir
d'hiver et je refusais, malgré tout, de rebrousser chemin,
de regagner la petite cellule où m'attendaient mes livres
et ma tasse de thé. Quelque chose m'attirait toujours plus
loin. Je marchais devant les façades aveugles des petites
maisons grises, j'enjambais les flaques d'eau qui se
formaient devant leurs barrières, mes cheveux ruisselaient
de pluie, ma jupe et mes bas étaient couverts de boue, et
pourtant, rien au monde ne m'aurait persuadée ce jour-là
de reprendre le chemin du couvent avant que d'avoir
aperçu ma rue et ma rivière.

Il me sembla tout à coup, lorsque j'eus tourné le coin
et aperçu la maison de Clothilde, d'Amandine et de
Léopold, qu'il n'y avait plus en moi que de l'eau et des
larmes, que tout en moi fondait, se dissolvait, mes os, ma
peau, mon coeur, que l'espace de quelques secondes je ne
serais, moi aussi, qu'une pluie grise sur le trottoir. Au
milieu de son terrain vague, la maison de mon enfance
s'élevait, ses lucarnes ouvertes au vent. On avait cloué des
planches sur les fenêtres du rez-de chaussée et de l'étage,
mais celles du grenier béaient, s'ouvraient sur le ciel,
attendaient le retour des oiseaux. Je m'approchai, je
traversai le terrain vague, je descendis jusqu'à la face grêlé
de la rivière. Rien n'était changé; ni la berge affaissée, ni
sa vase savonneuse, ni ses roseaux, ses chardons, ses

vignes et ses vescerons. C'était le monde tel que je l'avais quitté dans les derniers jours de mon enfance. Je levai la tête vers le ciel vide, résolument vide, je laissai la pluie s'abattre sur mon visage, je tentai de réconcilier cette bonne eau, ces parfums de la terre, cette chaleur de sanctuaire, avec l'image du corps figé de mes oiseaux.

C'était un immense chat de gouttière aux oreilles ébréchées et à l'oeil laiteux, son poil noir une broussaille de torsades. J'eus pitié de lui, le vilain animal, si malheureux derrière les barreaux de sa cage. Guidée par la plainte éraillée qu'il poussait du fond de sa détresse, je l'avais découvert enfermé dans la cabane à lapins des soeurs. Quand je m'approchai de la cage en faisant des petits bruits consolants, le matou se jeta contre la grille et me cracha à la figure. Je ne tardai pas à le libérer, me gardant bien de me mettre à la portée de ses griffes, et je le vis bondir puis s'élancer dans une folle ruée vers la nuit, les chattes et les bagarres, rejoignant dans la liberté l'écureuil gris et le caniche abricot que, tour à tour, Loïc avait attrapé, puis enfermé derrière la porte grillée du clapier. Sa mère, disait-il, lui interdisait de garder des bêtes dans la maison. Il n'avait voulu que se garder un petit animal, à lui tout seul, et me trouvait bien méchante d'avoir relâché ses captures avant même qu'il n'ait eu le temps de se lier d'amitié. L'écureuil, lui avais-je expliqué, aurait crevé en captivité. Quant au toutou frisé, c'était clair que Loïc l'avait chipé de quelque véranda et j'avais insisté pour qu'il le ramène là où il l'avait trouvé. La tête basse, le regard renfrogné, il avait pris la petite bête nerveuse sous le bras, et était allé le rendre à son pâté, ses brosses, et ses rubans... C'est ainsi que le clapier des soeurs se trouva vide une fois de plus. Pour sa part, Loïc se déclara satisfait, pour le moment, du bol de poissons rouges dont sa maman lui avait enfin fait cadeau.

Mais à la fin de l'été, il récidiva. Une pigeonne, cette fois, qu'il avait capturée sous le grand pont. Une belle bleue, une vraie pigeonne de colombier. Elle me fit des façons, la voyageuse, pencha la tête pour me regarder, ne sembla regretter ni sa perche venteuse sur les arc-boutants du pont, ni la rumeur incessante de l'eau. Elle paraissait bien heureuse, au contraire, d'avoir pu se caser. Et je me décidai, en la voyant si calme, si apprivoisée, de la laisser se reposer un peu dans le silence du clapier. Un jour ou deux, le temps de l'admirer, de retrouver dans ses yeux bordés de blanc, dans son bec grêle, un souvenir de Mélisande ou de ma belle Molignée. Je ne la garderai pas longtemps, ai-je promis à mon Loïc enleveur d'oiseaux, je le saurai d'ailleurs, quand elle se mettra à languir après le ciel, et ce jour-là, j'ouvrirai la cage et je la laisserai partir. Car chez elle, quelque part, par vent debout ou par vent poussant, par temps brumeux ou par temps clair, je savais qu'on l'attendait.

Léopold

Chapitre VIII

Mon di! mon di! Elisse, Wetti qu'ch' est malheureux,
Eu d'vire qu'min Batisse, Ya tourné coulonneux.

Lorsque les pigeons entendaient sa chanson derrière la porte, ils se mettaient à trépigner sur leurs perchoirs : Léopold montait, les poches pleines de pois, de vesces et de petites féverotes, pour leur ouvrir les lucarnes. Sur le toit, ils agitaient leurs plumes, s'ébrouaient comme au sortir de l'eau. De leurs ailes déployées, ils tâtaient le vent et prenaient la mesure du ciel. Puis, un à un, ils quittaient bardeaux, lucarnes et trappe d'envol; dans un claquement d'ailes, ils s'élançaient dans le vide. Avant de commencer le ratissage du colombier, Léopold jetait un coup d'oeil sur la prairie et là, parmi les hautes herbes dorées, il découvrait l'enfant couchée face au ciel, les yeux rivés sur les oiseaux.

Léopold n'avait plus que ses pigeons - femme et fille disparues - ses pigeons et ses petites-filles. Rapatrié après la grande guerre, il avait réintégré le foyer paternel sur les bords de la Sambre, y avait vécu assez heureux jusqu'au jour où sa Clothilde s'était amourachée d'un beau grand flamand. Il l'avait emmenée avec lui à bord d'un bâtiment en partance pour la Terre Promise. Au bout de difficiles semaines de voyage, ils avaient échoué à leur grand étonnement parmi les neiges et les grandes plaines du Canada. Quand Van der Weyden l'avait quittée au bout de quelques années sous prétexte de chercher du travail dans les pays plus cléments du sud, Clothilde avait compris qu'il ne reviendrait plus. Dépouillant alors ses filles de leur patronyme, elle les avait rebaptisées Collard, avait convoqué son père et, avec une admirable fermeté, s'était résolue à mourir. Alors des bords de la Sambre, Léopold et Joséphine étaient venus jusqu'à elles, ces petits-enfants et leur mère agonisante. La première année, il avait enterré sa fille unique. L'hiver suivant, quand il s'était réveillé la nuit les jointures ankylosées par le froid, quand le toit de la maison s'était écroulé sous le poids de la neige, quand un petit soleil mièvre n'avait décrit dans le ciel qu'un arc dérisoire et que le noir les avait cernés de toutes parts, cet hiver-là, il avait enterré sa femme.

Il avait songé alors à rentrer au pays, à regagner la Sambre et élever sur ses bords ses deux princesses sauvages. Mais quand il les avait vues grimper aux arbres comme des rainettes et s'ébattre dans les herbes folles, il avait renoncé à son projet. On n'extirpe qu'au prix de graves conséquences la pousse sauvage de son terroir. Il caressait, en outre, l'espoir irraisonné de refaire dans cette terre primitive les premiers pas, l'*incipit*, d'une histoire apprise par coeur, une histoire de chevaux et de châteaux, de chasse, de chiens et d'automnes roussis.

Les premiers souvenirs de Léopold respiraient tous la bonne odeur des écuries : le foin dans les râteliers, le trèfle et la luzerne, la paille des litières, le crottin, le fragrant pissat, le musc des manteaux, des queues, et des crinières. Enfant, il se blottissait dans le chaud des stalles avec un ou deux molosses et, les mains enfouies dans la fourrure des bêtes, se perdait dans la contemplation des chevaux du comte. Rodolphe, son frère aîné, leur vouait un véritable culte et, à son instar, Léopold les adorait : un amour fait de vénération et de ravissement imbu de crainte. Le gamin s'immobilisait de terreur devant le tangage effarant des yeux immenses des chevaux belges - ces yeux de savane et de désert - devant le piaffement de leurs sabots et les vagues tressaillantes des muscles de leur croupe. Il respectait avec scrupule la consigne qu'on lui avait si souvent répétée de n'approcher que par la gauche. L'ardennais et le frison avaient parmi leurs ancêtres les montures des anciens guerriers qui, eux, n'étaient jamais montés en selle que par la gauche à cause de la lourde épée et du baudrier dont ils étaient ceints. L'épée, la cotte de maille, la hallebarde, la vouge, la pertuisane. Rodolphe lui avait tout raconté : Guillaume le conquérant et ses chevaliers envahisseurs de l'Angleterre; Godefroi de Bouillon, Raymond de Toulouse, Robert des Flandres et Bohémond de Taranto, croisés à Antioche; et partout, ces immenses chevaux de trait, de guerre, faiseurs de légendes. Léopold avait appris à les nommer : Incitatus, prêtre et consul de Caligula, qui dormait dans une stalle d'ivoire et qui s'abreuvait de vin versé dans un seau d'or; Marengo, l'étalon blanc qui avait accompagné Napoléon à sa défaite à Waterloo; Copenhagen, qui avait porté

Wellington à sa victoire; Al Borak, dans la légende musulmane, qui avait transporté Mahomet de la terre au septième ciel; Sleipnir, le cheval gris d'Odin, qui de ses huit pattes pouvait parcourir et la terre et la mer; et Pégase, bien sûr, le cheval des muses, qui possédait, lui, des ailes superbes. C'étaient des créatures fabuleuses que ces chevaux, plus grands que nature, qui inspiraient chez l'enfant une dévotion toute panthéiste : l'existence du cheval confirmait celle de Dieu.

C'est un cheval, aussi, qui en 1914 lui avait signalé la mort certaine de ce même Dieu. Léopold s'était glissé derrière les barbelés et avait vu là, dans un champ de betteraves, un cheval crevé, gonflé, ses pattes roides dressées vers le ciel.

Mais avant, bien avant, il y avait eu ces journées chargées de soleil jaune, de faisans argentés, de bottes, de fusils et de chiens. Les épagneuls battaient les halliers, bondissaient dans les landes, les carabines détonnaient, les chasseurs huaient et s'interpellaient. Léopold se rappelait le gibier encore chaud dans ses mains, leurs plumes tachetées de sang, leur odeur de terre et de genévrier; sur les vêtements, les effluves de poudre et des douzaines de saisons de chasse, leurs pluies et leurs chaleurs, leurs ciels bas semés de sarcelles, leurs champs foisonnants de perdrix. Il partait aux petites heures en compagnie de Rodolphe et de son père, le garde-chasse du comte. En fin de journée, au bout de longues heures de marche dans les prés et les bruyères, il rapportait à la maison tout le poids des odeurs du jour, de ses teintes fauves, de ses rudesses et, ouvrant tout grand la gibecière, étalait sur la toile cirée de la table, devant sa mère et ses soeurs, le massacre de ses mains d'homme.

Plus tard, il ne tuerait plus. Lorsque le sang de soeurs et de frères, abattus eux aussi à coups de fusil, inonderait les champs de choux et de navets, lorsque la terre sous ses pieds serait gravide d'ossements, il ne voudrait plus sur ses mains le relent de la mort. La vie à tout prix, même chétive, même couarde. Relevant la tête sur les paysages dévastés du coeur humain, la vie se frayerait un petit chemin, n'attirant sur elle-même qu'un regard fuyant, pliant la nuque sous la menace des jours d'ombre. Léopold se marierait sans éclat, dans une chapelle aux murs encore noircis par le feu, aucun carillon n'annoncerait son humble joie, et l'avenir n'aurait pour toute promesse qu'une goutte de vin au fond d'une coupe. En temps de paix, il deviendrait menuisier, ne s'en remettrait qu'à ses propres mains pour gagner son pain. En temps de guerre, il porterait le brancard, s'alliant aux blessés pour déjouer la mort. Avec Joséphine, il ne hasarderait dans le monde qu'une seule âme; une fille, comme ça, livrée à l'arbitraire, à l'aléatoire d'une vie périssable. En attendant qu'Adriaen vienne la leur ravir, Léopold et Joséphine couveraient la petite, lui léguant en esprit ce dont ils la priveraient en espace. Un monde imaginaire, loin du ronflement des canons et à l'abri du ciel incertain, plein d'honneur, de magie et d'idéal. Si leur enfant connaissait une existence circonscrite par les copeaux de l'établi de son père et le pain des fourneaux de sa mère, elle vivrait par contre de la vie abondante du fabuleux. Et à eux trois, ils feraient l'apprentissage de l'invisible dans l'espoir d'y trouver l'inviolable.

Et puis un jour, ailleurs, il avait connu ces petits enfants qui vivaient à découvert sous un ciel lourd de péril. De côté et d'autre de l'horizon, des hectares d'immensité propices, semblait-il au grand-père, à d'inimaginables cruautés. Les arbres qui longeaient la rivière n'offraient qu'un refuge insignifiant, la maison n'était que fuite et passoire, les sentiers battus dans la plaine entraînaient vers le large les pieds oublieux de l'imprudent. Trop vite séduit par ces chemins hasardeux, grand-père les emprunta un jour. Les fillettes vivant librement, il voulut en faire autant. Respirer enfin, du fond des poumons, errer, désinvolte, dans les méandres des ornières, regarder les hommes en face et le ciel sans détours, risquer un geste ample, un mot plus haut qu'un autre, un moment oisif, impunément prolongé. Enfourchant sa bicyclette, il s'aventura d'abord dans les champs et les pâturages qui se prolongeaient à la limite de la ville. Il goûta avec un plaisir mêlé de crainte aux grands espaces, aux horizons reculés, respira le trèfle et le sainfoin, tourna les yeux vers les forêts qu'il apercevait dans la distance. Il marcha dans la prairie étale, la tête haute, cible parfaite, dressé comme il l'était entre ciel et terre, insouciant pourtant, et heureux. Bientôt, il pénétra sous les sapins et les épinettes de la forêt, se laissa errer, l'été, entre les bouleaux et les trembles, puis en automne lorsque les feuilles jaunissaient, jonchaient le sol de leur bruit et de leurs parfums froissés. Un jour, c'était en octobre cette année-là, alors que le soleil lambinait dans un coin du ciel et fouillait le sous-bois de ses rais gras, il happa au passage du vent une odeur fauve de fumée. Une odeur, une chaleur, un jeu d'ombres, comme ceux qu'il avait connus, enfant, dans les forêts ardennaises, en compagnie de Rodolphe et de son père, avant les guerres, avant la peur. Léopold s'était arrêté dans un coude du sentier, comme il avait eu l'habitude de faire à quatorze ans, retenant par un effort de la volonté l'élan impétueux de ses jeunes jambes, il avait attendu que viennent jusqu'à lui le bruit des bottes de son père et le doux sifflement de Rodolphe. Mais ce jour-là, dans la forêt d'automne canadienne, il n'y eut bien sûr que le battement de la gelinotte qui se fit entendre, et le mouvement des branches des épinettes soulevées par le vent. Il attendit encore, respira à plein poumons ce parfum de bête et de peau tannée, goûta à l'exhalaison marécageuse que dégageait la terre sous ses pieds, et s'étonna qu'ils ne fussent point là. Tout dans le ciel et sur la terre les convoquait : Léopold, sans défense enfin, enfin désarmé, les invita à s'approcher. Comme une marée de larmes chaudes, les souvenirs affluèrent. La main de Rodolphe, nouée de nerf et d'os, sur le pommeau de l'arçon, sur le flanc de la bête, le pas mesuré de son père qui avalait dans une foulée trois fois la distance marquée par son fils. La voix grave des deux hommes, leurs silences, leurs jurons, et leurs prières. Léopold les avait vus à genoux, à l'église, la tête entre les mains, et les avait crus à jamais saufs; voués à quelque saint, forts de leur chair massive et de leurs os bourrus, il avait été facile de les croire immortels.

Sous de nouveaux cieux, Léopold renoua avec ce père et ce frère disparus, il se promena longtemps à leurs côtés, regretta la douceur de leurs regards. Dans les premiers jours, les premiers mois, lorsque Léopold se retrouvait en leur présence, il ne craignait pas, en retournant la terre de son potager, de sentir sous sa bêche une résistance d'os, ni de voir une moisson pourrie dans les vastes champs qui s'étendaient à perte de vue aux portes de la ville. Le passage d'avions dans le ciel ne provoquait chez lui aucun serrement au coeur et les nuages sur la prairie ne recelaient aucun zeppelin silencieux. Mais vint le jour où, à force de marcher aux côtés de Rodolphe et de son père, de les suivre dans les sentiers de la forêt, dans les landes et les halliers,

Léopold se trouva obligé de les suivre jusqu'au charnier du champ de betteraves.

C'est l'enfant des Robidoux qui éveilla en lui la première image de sa folie. Debout dans l'embouchure de la ruelle, la fillette tenait à bout de bras la cage de sa perruche, rappelant avec une précision hallucinatoire, par l'angle de sa main levée et le mouvement de ses cheveux sur son épaule, une enfant belge dans une rue namuroise. Celle-là avait porté dans sa cage d'oiseau un petit canari jaune à qui un Uhlan avait tordu le cou. L'enfant n'avait pas pleuré, avait tout simplement rapporté chez elle ce premier terrible cadavre.

La petite Robidoux demeura toute sa vie inconsciente du rôle qu'elle avait joué dans le déclenchement de la démence erratique de Léopold. Suite à son apparition, perruche à la main, il était devenu la proie d'atroces visions. Les «sals alboches» possédaient à nouveau les rues de sa ville : ils mettaient le feu aux maisons de son quartier et arrachaient les fauteuils bourrés des salons de ses voisins pour les installer dans les caniveaux. Ils faisaient vibrer les cieux au-dessus de sa tête du bourdonnement de leurs biplans. Ils remplissaient les rues tranquilles du grondement de leurs caissons d'artillerie. Ils abattaient les paysannes qui moissonnaient dans les champs. Ils envahissaient les communes de la voix basse de leurs canons. Ils enterraient les vivants avec les morts, les belges avec les allemands et les hommes avec les chevaux. Ils criaient «Schwein» sur le pas des portes, et «kein Stein auf einander». Ils laissaient dans leur sillage maisons pillées, incendiées, sabots, casques à pointe, selles et épées, et en ligne sur les trottoirs, des horizons de bouteilles vides.

C'était par bribes que ces souvenirs lui arrivaient; un rien les provoquait, un détail d'apparence anodine. Une phrase d'une musique populaire fredonnée par un passant, un cageot de biscuits à la porte d'une épicerie, un couple de nonnes en habit noir, une étiquette décollée d'un litre de vin. Léopold pouvait se porter bien pendant des semaines, voire même des mois, jusqu'au jour où un petit incident inattendu le basculait dans la folie.

Il s'était risqué, il en était tout à fait conscient, avec cette histoire de pigeons. Avec tout ce qu'ils comportaient de missives clandestines et de frontières ennemies. Mais il voulait la faire sienne, la petite farouche, ne pouvait supporter qu'elle le proscrive si formellement de son royaume. Il s'agissait, pour Léopold, d'une condamnation sans appel. Avec l'autre, l'aînée, la distante Amandine, le grand-père admettait volontiers une certaine affinité; ils habitaient, tous les deux, les franges et les orées du marginal. C'était Camille qu'il fallait à tout prix apprivoiser. Car il y avait en elle, au fond de ses yeux sauvages, dans le fourré frais de son coeur chaud, un sanctuaire. C'était au sacerdoce qu'elle l'appelait, à la religion furtive et évanescente de l'enfance... Un pigeonneau nu au creux de ses mains d'homme pourrait, osait-il croire, lui y livrer passage.

Mais une fois le pari gagné, une fois qu'il l'avait captivée, la livrant toute palpitante d'émerveillement aux mystères du colombier, il craignit la repousser encore par sa folie. L'apeurer. La révolter. Déjà, il savait mieux que quiconque qu'il devait se dissimuler derrière les pigeons, que si elle le voyait trop clairement, ou entendait sa voix, il risquait de la perdre de nouveau, ses petites jambes brunes l'emportant loin du grenier et des mains boudinées qui tentaient de la retenir, pour ne plus jamais revenir. Comme sa Clothilde adorée, celle qu'il avait trop bien aimée, celle que son amour accaparant avait chassée au-delà des eaux, au-delà de la mort. Le jour de leur arrivée, lui et Joséphine avaient fait leur chemin depuis la gare jusqu'à la rue Seine, avaient attendu dans la cour devant la maison qu'on vienne les accueillir. Quand la porte s'était enfin ouverte, c'est la petite Camille qu'ils avaient vue d'abord, ses yeux de fauve brillant dans un visage fermé. Et Léopold avait compris qu'on lui avait accordé une deuxième chance.

Camille avait fini par perdre toute méfiance, avait cessé de toiser le vieux de son regard jugeur, s'oubliait en sa présence, allant jusqu'à lui permettre d'entendre ses chansons et son doux babil d'enfant lorsqu'elle parlait à Mélisande, Bérimesnil et compagnie. Mais les matins où Léopold montait la retrouver dans le colombier, les lendemains de veilles particulièrement pénibles, les soirées où il avait marché de long en large dans le salon; ou insisté qu'on éteigne les lampes et qu'on tire les rideaux, c'est la consigne, vous m'entendez, c'est la consigne; ou bien avait réveillé les petites, les enjoignant de s'habiller à toute vitesse et en silence et de le rejoindre dans la rue, où ensemble ils trouveraient leur place dans la longue procession des familles paysanes, des brouettes et des charrettes tirées par des chiens belges, par des chevaux de trait, des carosses chargés de couvertures et de marmites, des amoncellements de biens sur lesquels on avait installé les petits et les grands-mères, leur parapluie tenu ferme dans la poigne de leur main, et avait attendu avec elles sur l'épaule de la rue, dans la poussière soulevée par toutes ces roues, ces pieds et ces sabots, avait pris place dans la file, avait passé devant les volets fermés des magasins, devant les usines abandonnées, devant l'heure allemande des horloges de l'hôtel de ville, avait traversé la rivière, avait vu les champs mûrs que personne jamais ne viendrait moissonner, avait vu les paysans dépouillant les chevaux morts au milieu des betteraves, avait été aveuglé par les lanternes des officiers allemands, ces yeux blancs qu'ils portaient sur la poitrine pour fendre la nuit et semer la terreur; après qu'il avait connu tout ça dans les rues tranquilles de cette ville sûre de ce pays de paix, en traînant derrière lui en pleine nuit deux petites filles endormies, ces lendemains matins, Léopold craignait de monter au colombier et d'y découvrir une Camille amère, ses yeux pleins de reproche et de mépris.

Et comment expliquer à une enfant ces angoisses irraisonnées qui le saisissaient dans l'innocence même d'un soir d'été? Comment la convaincre que Léopold, le vrai, c'était l'homme calme, tranquille, avec qui elle râtissait la litière de sable du colombier, avec qui elle devisait de Noé et des oiselles de l'arche, des *columbarii* de l'antiquité, du veuvage et d'enlogement, que ce n'était surtout pas celui qui là réveillait la nuit, tout tremblant d'effroi, pas celui qui se figeait à la vue d'un berger allemand égaré dans une ruelle, pas celui non plus qui les couvrait de ridicule, elle et sa soeur, dans la salle d'attente de la gare du centre-ville. Celui-là, ce n'était que l'ombre du vrai Léopold, le fantôme, l'enfant blessé que l'adulte avait tâché de taire, l'ensevelissant dans le noir et l'oubli du passé. Mais parfois, dans l'étoffe tissée serrée des jours, une maille se défaisait, un fil tombait, et alors l'enfant réapparaissait, ses yeux livides, sa tête chargé de songes. Et saisissant Léopold de sa main osseuse, il lui nouait les viscères et lui étreignait l'âme.

Mais Léopold avait tort de craindre les regards réprobateurs de la fillette. La folie de son grand-père n'était pas pire, en fin de compte, que les excès qu'elle avait connus dans la nature. Les pîqures, les venins, les pièges et les toiles, les mandibules dévorantes, les nids pillés, les oeufs sucés, les crues et les bourrasques, la foudre et le feu, la roche et la fronde. Qu'il s'écarte parfois de la ronde normale du quotidien, qu'il délaisse ses bêches et ses arrosoirs, son marteau et sa scie, qu'il laisse coller ses sauces, brûler ses tartes au riz, pour errer un moment dans les pénombres d'un monde à la marge des choses, n'avait après tout rien de si dramatique. Car lorsqu'il partait, il partait seul, et les pigeons, eux, n'étaient pas du voyage, n'en savaient rien, n'en souffraient pas, attendaient, bêtes, heureux, intacts. Camille n'avait donc rien à lui reprocher.

— Où vas-tu, Amandine, quand tu pars ainsi à huit heures du soir et ne reviens qu'après minuit? Où t'emmènent-ils, tes amis?
— Nulle part. On roule. C'est tout.
— Vous ne dansez pas?
— Non.
— Vous n'arrêtez pas dans un café prendre une bouchée?
— Non.
— Vous vous parlez, alors, vous discutez?
— Non plus.
— Vous roulez.
— On roule.
— Et qu'est-ce qu'ils comptent faire, tes amis, à la fin de leurs études? Que feront-ils, plus tard?
Elle tourne vers son grand-père un regard vide.
— Et toi, Amandine, que feras-tu en septembre prochain?
— Je vais devenir chauffeur de taxi, ou chanteuse dans un bar, je vais me bronzer dans ton jardin, je vais boire du thé glacé et verser de l'huile sur ma peau, je vais me brosser

les cheveux et chanter devant le miroir, je vais me coucher tard et dormir jusqu'à midi, et le soir, le soir, je vais rouler.
— Tu vas rouler.
— Oui, c'est ce qu'on fait : on roule.
Léopold pousse un long soupir. Il lui a peut-être laissé trop de liberté, à Amandine. Il ne contrôle pas ses allées et ses venues, ne connaît pas les jeunes aux cheveux laqués qui viennent dans leurs autos voyantes l'appeler et la ravir, soupçonne que, malgré son exemple et ses discours, il n'a pas su éveiller en elle, l'aînée, le sens de la responsabilité, du devoir, de la compassion. Il s'était appliqué à ne pas refaire les erreurs qui lui avaient coûté sa Clothilde. Celle qu'il avait trop protégée, trop emmaillotée, en qui il avait étouffé le souffle de sa vie. Amandine, à qui rien n'avait été imposé, à qui personne n'avait dérobé le privilège de choisir, saurait, elle, agir avec décision, poser des gestes réfléchis. C'était le principe; demeurait à voir les consé-quences de cette liberté sans contrainte.

— Et toi, Camille, que feras-tu dans la vie?
Mais Camille avait fait claquer la porte en sortant, Léopold la voyait qui courait de toutes ses jeunes jambes vers le terrain vague et la rivière.
— Et toi, Camille, que feras-tu dans la vie?
— Je serai coulonneux, comme toi.
— Et toi, Camille, que feras-tu dans la vie?
— J'aurai des ailes, j'apprendrai à voler : je serai oiseau.

Il eut peur pour ses filles lorsqu'ils emménagèrent, ces trois garçons tout habillés de noir, dans la cabane décrépite au bout de la rue. Il s'imagina qu'ils verraient Amandine vêtue de son maillot abrégé, couchée au soleil dans la cour en arrière, qu'elle deviendrait l'objet de leurs fantasmes vicieux. Ou s'apercevant que la petite Camille jouait toujours seule, à l'écart des autres enfants, loin des maisons et des gens, dans ce vaste terrain vague que personne jamais ne visitait, ils concevraient peut-être l'idée de l'enlever. Avant de s'endormir la nuit, quand il se couchait dans le grand lit de fer de la chambre du rez-de-chaussée et que le sommeil s'esquivait, les pensées de Léopold se tournaient souvent vers la petite maison du bout de la rue. Longtemps restée vide, ses fenêtres étaient maintenant couvertes de drapeaux, camouflant ce qui se passait à l'intérieur, les boîtes de bière, les parties de carte, les activités illicites auxquelles se livraient sans doute ces faux adolescents. Et des images effarantes tourmentaient Léopold : Amandine dans la nuit, qui s'arrête un moment avant de rentrer pour respirer le chèvrefeuille, pour contempler la lune. Pendant que l'auto de son ami disparaît dans le tournant, trois hommes surgissent soudain des ombres, s'approchent et la cernent. Camille qui barbotte seule dans l'eau de la rivière, qui chante et qui se parle, qui entend soudain un bruit de branches, lève la tête et aperçoit sur la berge un étranger qui la regarde, ses yeux rivés sur la chair pâle que laisse entrevoir la jupe retroussée. Et Léopold se tourne dans son lit et se retourne, et se demande pour la millième fois depuis qu'il est père et grand-père, comment on fait pour garder sauve une enfant, comment on ose se charger tout seul de cette innocence, s'en porter garant, répondre de ce qu'elle demeure intacte, inviolée, lorsque le monde qui nous entoure est pétri de mal. Et l'angoisse lui pèse et l'opprime. Il s'enjoint à demeurer vigilant, mais se sent défaillir en même temps devant l'énormité de la tache. C'est trop vaste, trop secret, le vice inextricable du coeur des hommes : il s'installe et s'immisce, emménage en face, ou à côté, tend ses filets et guette sa proie.

Léopold n'avait pas tort de se méfier de la cabane du bout de la rue; elle ferait des victimes, il ne fallait pas s'y méprendre, et toute la vigilance du grand-père s'avèrerait suprêmement inutile.

Très peu de tapage, l'hiver, dans la rue Seine. Le râclement des pelles contre le sol gelé, le bruit mat des portes fermées sur la chaleur des cuisines, l'éclatement du bois dans les fourrés près de la rivière quand le gel s'abattait sur les arbres comme une hache. On voyait la fumée grise monter des cheminées, les draps roides sur les cordes à linge, les cônes de neige qui se dressaient sur les poteaux des clôtures en fil de fer. Et, tôt le matin et tard l'après-midi, les pigeons des Collard dessinaient de grands cercles dans le ciel ouaté du mois de février.

La cabane au bout de la rue était restée tranquille depuis la première neige. Les soirs d'été avaient été bruyants, la musique forte, les rires débiles, les petites pièces de la maison débordantes de monde, la cour remplie de motocyclettes et de vieilles autos. Nuit après nuit, les hommes avaient planté une table au milieu du jardin, s'y étaient installés avec leurs cigarettes et leur rhum, avaient joué au poker jusqu'aux petites heures du matin, leurs cris de victoire et de dépit s'amplifiant à mesure que les bouteilles se vidaient. En automne, les hommes s'étaient montrés rue Seine habillés dans le chamois et le carreauté des chasseurs; ils étaient montés dans des camions à l'aube, carabines à la main, étaient rentrés à la tombée de la nuit, la benne pleine de gibier. Ils avaient fait des feux dans la cour en arrière, pour brûler les feuilles, pour se débarasser des ordures, pour réchauffer aussi les soirées fraîches du mois d'octobre. Mais quand l'hiver s'abattit sur la ville, et petit à petit couvrit la terre noire du jardin, quand vint le temps de boucher les fenêtres et la fente des portes, les trois hommes se réfugièrent dans l'abri dérisoire des quatre murs de la cabane, on ne les vit plus rue Seine, on ne les entendit plus, et Léopold respira plus largement.

Dans le terrain vague, Camille se construisait une forteresse de blocs de neige. Elle avait dans la tête un projet magnifique, une maison de glace dans laquelle elle pourrait vivre cet hiver, les Eskimos le faisaient bien, pourquoi pas elle? Elle serait bien au chaud, des chats plein les bras, mais pas trop chaud tout de même, pas comme dans la maison de Léopold où, à cause de ses vieux os, de son sang clair, il faisait marcher incessament la vieille chaudière. Camille avait l'impression d'étouffer dans la maison. Une écharpe de grosse laine pressée contre son visage, une main lourde contre sa poitrine, il fallait la fuir, s'en échapper, dans le froid des soirées d'hiver.

Les jours étaient déjà plus longs en février. Léopold la laissait jouer dehors après souper, bien qu'il s'inquiétât beaucoup du froid, la sachant toute trempe, ses mitaines comme des éponges, ses pieds transis et blancs. Mais il avait beau l'appeler, tant que la nuit n'avait pas avalé les dernières lueurs dans l'ouest, elle ne bougerait pas du jardin, s'acharnerait avec son couteau à beurre à tailler ses cubes de neige. Quand le vent lui apporta l'odeur des premières volutes de fumée, elle pensa aux cheminées de la rue dégorgeant leur panache gris, celle des Tardiff, des Lavergne, des Allard, celle de la shack du coin, et la leur. Ne leur accorda aucune sorte d'importance. Puis, l'odeur devint soudain plus forte, plus insistante, comme celle des feux de Léopold lorsqu'il brûlait les ordures dans le baril du champ vague. Elle leva la tête, jeta un coup d'oeil autour d'elle, vit bien qu'elle était seule au milieu du jardin. Se remit à tailler, calcula le nombre de cubes que lui fournirait cette étendue de neige, s'inquiéta d'en manquer. C'est alors qu'elle entendit le craquement du bois, un coup de fouet dans l'air figé du soir, et qu'en levant le menton, elle aperçut sur le ciel bleu-marine une tache orangée et un nuage de boucane noire. Laissant là son couteau, elle quitta le jardin, se précipita vers le devant de la maison et s'arrêta net en arrivant dans la rue. La cabane du coin était en flammes, de grandes langues rouges léchaient le toit, se disputaient les murs, s'échappaient comme de la bouche d'un monstre des trous noirs des fenêtres. La petite, hypnotisée par la beauté du spectacle, avança de quelques pas, tendit les mains vers la chaleur comme on fait devant la flamme apprivoisée d'une cheminée. Elle s'approcha, s'approcha, les yeux tout pleins de fumée, la peau de ses joues crispée de chaleur. Puis elle pensa à Amandine, qui n'avait jamais vu ça non plus, une maison incendiée, un sinistre, un cataclysme, moins important peut–être bien qu'une inondation, un ouragan, ou un tremblement de terre, moins spectaculaire, c'était sûr, mais tout de même impressionnant. Elle courut l'avertir, poussant la porte de la maison et criant à la volée :

— Viens voir, 'Mandine, ça brûle, c'est rouge, c'est beau! Viens vite, ou tu vas tout rater!

Léopold, de sa chaise berceuse au coin de la cuisine, leva la tête de son journal et lui dit, tout bas, comme si lui–même l'avait chassée :

— Tu sais, Camille, qu'Amandine n'est pas ici. Elle est partie avec un ami... un petit voyage de quelques jours.

— Alors viens, toi, Papi! Viens voir ça! C'est la maison des monsieurs qui brûle! Là-bas, au coin de la rue.

Il voulut la retenir un moment, la faire enfiler des moufles et des chaussettes sèches, eut juste le temps de lui enrouler un foulard de laine autour du cou, puis elle claqua la porte et s'envola. Léopold se dirigea vers la fenêtre du salon, jeta un coup d'oeil dehors, ne vit que les garçons Tardiff qui accouraient en enfilant leurs manteaux. Un malaise terrible le saisit au ventre, il se sentait vaguement coupable, lui qui avait si souvent souhaité le départ des trois hommes, lui qui avait voulu qu'ils disparaissent à jamais. Il demanda à tous les saints du ciel de permettre qu'ils sortent vivants de l'incendie. Sur le pas de la maison, il entendit dans la distance la sirène des pompiers, un cri de vent, de folie, de guerre, et un tremblement s'empara de tous ses membres. Il s'efforça de marcher encore, il s'obligea à s'approcher des flammes qui s'élançaient vers le ciel dans une rage de silence. Puis, il se mit à scruter le dos des gens debout en ligne sur le bord de la rue, ces dos ronds qui lui cachaient le bûcher de la maison, dans l'espoir de reconnaître les manteaux carreautés des trois jeunes hommes. Il ne les trouva pas parmi les voisins qui se tenaient côte à côte, immobiles, face aux flammes, il se sentit vaciller, avança pourtant encore, vit tassés pêle-mêle dans un banc de neige devant la façade en feu de la maison, les quelques meubles et les boîtes de bière qu'on avait flanqués par la porte dans les premières minutes de l'incendie. Sur un divan mal campé dans la neige sale, Léopold vit les trois jeunes hommes, une expression sotte, épanouie, sur leur visage, qui levaient leurs bouteilles vers les flammes en rigolant. La frousse lui tordit les tripes comme lorsqu'il avait quatorze ans. Il comprit qu'ils étaient arrivés, qu'il fallait se cacher ou partir, prendre ses

choses et s'enfuir. Poursuivi, chassé par l'odeur des
flammes et de la fumée, par le cri lancinant des sirènes, il
plia l'échine. Sans jeter un regard derrière lui, il fila jusqu'à
la maison. Il ferma la porte derrière lui, s'y appuya, et les
yeux égarés, le souffle coupé, tenta de rassembler ses
esprits. Son sac, fourré sous le lit, les papiers, l'argent, la
route pour Bruxelles. Mais soudain, il s'en souvint, et la
pensée le foudroya. Tout de suite, il comprit ce qu'il avait
à faire. Il fallait les tuer, tous, avant que les Boches ne s'en
emparent. Léopold saisit les cisailles de son coffre à outils,
il gravit en courant l'escalier du grenier, puis prenant un
après l'autre les pigeons dans ses mains, refermant dans
son poing les ailes frétillantes, il leur coupa la tête d'un
coup sec des lames. Les corps inertes des oiseaux
jonchaient le plancher du colombier, il y régnait un silence
fait d'ailes percluses et de gorges tranchées, et dehors, la
sirène ne cessait d'appeler. Un voile tomba soudain des
yeux de Léopold; il se rappela la vieille bicoque en
flammes, les visages rougeoyant de ses voisins, la figure
ravie de la petite Camille. Camille. Pas de Boches, pas de
fuite, pas de guerre. Seulement Camille et ses pigeons.
Puis contemplant l'oeuvre de ses mains, il ferma les yeux
et se cacha le visage.

C'était fini. Les pompiers étaient partis, les voisins
rentrés à leur soupe froide, les trois hommes avaient
disparu aussi, ayant rempli leur camion de quelques
pauvres effets avant de décamper en klaxonnant. Camille
était restée jusqu'à la fin. Les décombres noirs fumaient
encore, festonnés d'une épaisse glace, ça sentait le métal
et les toasts brûlés, mais c'était beau aussi au clair de lune,
les cendres blanches d'un feu de joie. Camille s'en
détourna avec regret. Rentra en traînant des pieds, songea

à la maison de neige du terrain vague qu'il faudrait laisser maintenant jusqu'au lendemain. Il faisait sombre, la nuit était décidément tombée, Léopold ne tarderait pas à l'appeler. Mais peut-être si elle lui demandait gentiment, le cajolait un peu, il la laisserait jouer encore une petite demi-heure. On y verrait encore assez bien dans l'étendue blanche du jardin...

Quand elle poussa la porte de la maison, son sourire enjôleur déjà aux lèvres, elle vit son grand-père debout au pied de l'escalier, ses mains pleines des corps ensanglantés de ses pigeons. Elle lui vit les yeux - tendres, tristes, pas fous, pas égarés - elle vit les plumes rouges de sa Molignée, le bréchet saillant de Bayard, la tête aplatie de Bertholet, puis couvrant sa bouche de sa mitaine, son visage défait par le chagrin, elle tourna le dos sur l'horrible tableau, tourna le dos sur la maison, et replongea dans la nuit et l'hiver. Léopold ne dit rien, savait qu'il ne pourrait pas la retenir ni la consoler, la laissa courir, sachant qu'elle rentrerait une fois sa colère tombée. Puis le coeur lourd, tout renversé, il enveloppa les petits cadavres dans du papier journal et plaça le paquet près de la porte. Ensuite, il emplit un seau d'eau savonneuse puis remonta au colombier laver les dernières traces du massacre. En quittant le grenier, il entrebâilla une lucarne pour que l'air frais de la nuit dissipe le relent sûr du sang, l'odeur amère de la mort. En s'habillant, il pensait déjà aux oeufs que Camille et lui iraient voler au printemps dans les nids sous le pont. Ils referaient leur stock, ça ne prendrait pas de temps, Camille ne pleurerait pas ses morts longtemps.

Il traversa le champ, son paquet de becs et d'os creux sous le bras, se rendit au baril d'ordures debout dans la neige. Il ne mit que quelques secondes à allumer un bon feu, et quand les flammes mordirent de toutes leurs dents dans les déchets de papiers et de cartons, il plaça les restes des oiseaux au milieu du baril. Ils s'enflammèrent aussitôt dans un grésillement atroce, et Léopold poussa les corps dans le plus chaud du feu du bout de son bâton, il les regarda brûler, curieux, songeur, ses vieux yeux pleins de larmes. Quand les flammes moururent enfin, devenant bleues et vertes, dansant un moment avant de retomber en braises, il quitta le jardin et rentra au chaud de la cuisine. Il s'intalla dans la berceuse, ouvrit son journal, et fit semblant de lire. Il lui donnerait un petit moment pour se calmer. Si elle n'était pas rentrée au bout d'une heure, il sortirait la chercher. Elle était sûrement blottie dans quelque coin du jardin; dans un arbre peut-être, dans l'abri des buissons. À cette heure-ci du soir, il savait qu'elle n'irait pas loin.

Il veilla jusqu'à l'aube. Quand une ligne blanche se dessina derrière les arbres de la rivière, Léopold laissa glisser le journal de ses genoux puis, se hissant avec peine de sa chaise, ses vieilles jambes ankylosées par la nuit et le froid, il se traîna jusqu'à la porte et sortit sans se couvrir. Il vit d'abord la tuque rouge de Camille, une tache violente dans la neige, il vit la trace de ses pieds, il la suivit dans le jardin puis sous les chênes nains, dans les arbustes de la berge, sur la glace, le serpent de glace, jusqu'au trou béant de la rivière. Léopold vit que les traces des petites bottes de Camille s'arrêtaient au trou, recouvert ce matin par une lamelle de glace blanche. Il vit l'eau gelée qui dans le froid de l'aube épousait la forme de l'empreinte de son pied. Et il comprit, il comprit, et une main froide et osseuse lui fouilla le coeur, et la douleur fit monter un cri déchirant de ses entrailles, et le noir descendit sur lui et le cerna de toutes parts.

Il erra longtemps dans le jardin avant de retrouver la porte de la maison. Poursuivi par la voix des femmes qu'il avait perdues, Clothilde enlevée par le chagrin, Joséphine par le froid, ces âmes que dans sa gêne et sa maladresse il n'avait pas pu sauver. Il lui semblait les entendre : «*une couverture, Léopold, une autre bûche sur le feu.*» «*Garde mes filles, Papa, je te les donne, je n'en peux plus d'attendre.* « Et quand elles se taisaient, il entendait hurler le vent des routes et des grands espaces, il entendait le silence profond de l'eau. Il chercha longtemps sa maison. Il se perdit dans les herbes du terrain vague où une brise matinale souleva les cendres du baril à ordures, les cendres faites de pattes et de plumes d'ailes, et les dispersa sur la neige, les fit tomber sur sa tête et sur les épaules de son gilet. On l'appelait encore, le chagrin, le froid, la route et l'eau, et il écoutait, il écoutait de toutes ses forces, Clothilde, Joséphine, Amandine et Camille, elles lui parlaient, le réclamaient, elles lui promettaient l'oubli, et de leurs mains sur ses yeux et sur sa bouche, elles l'ensevelissaient de noir et de silence.

Amandine

Chapitre IX

My mama says I'm reckless
My daddy says I'm wild
I said my mama says I'm reckless
My daddy says I'm wild
I ain't good lookin'
But I'm somebody's angel child.
Reckless Blues de Bessie Smith

Avant même de pousser la porte du restaurant de la nationale, Gabriel savait qu'il l'y trouverait. C'est la musique qui dissipe ses doutes. Celle des chaudes journées d'été rue Seine, celle de la cuisine de Madam Annabella Smith, distante, envoûtante, grasse de nostalgie : elle le saisit aux tripes comme un mal du pays. Un peu inusité, ce vieux blues émanant d'un juke-box juché dans le fond d'une cafétéria d'autoroute, un peu bizarre : Amandine jusqu'au bout des ongles. D'ailleurs, lorsqu'on avait dit à Gabriel qu'on croyait l'avoir aperçue au comptoir d'un stop de la grand'route, il avait tout de suite compris qu'il n'avait pas à chercher ailleurs. Amandine avait toujours habité la limite des choses, rôdant à la périphérie de la plaine et au bord de la nuit. Gabriel l'avait vue, certes, étendue sous un ciel congestionné de soleil, mais son regard n'avait eu sur elle aucune emprise, n'avait pu la soutirer aux franges du monde qu'elle habitait. Il l'avait croisée dans les rues de l'été, lui avait donné une cigarette, du feu, avait écouté ses quelques mots, durs et frondeurs, mais avait cherché en vain à retenir son regard fuyant. De loin, la nuit, il avait reconnu son pas. Sa voix avait élancé en lui comme une blessure et il se serait noyé dans ses cheveux épais comme dans une eau. Elle avait vécu en marge de tout. Il n'y avait que Gabriel qu'elle avait habité tout entier.

Il a le trac. La main encore sur la poignée de la porte, la musique d'Amandine plein les oreilles, le coeur, le ventre, il ne sait plus ce qu'il est venu chercher sur ce bord d'autoroute. Il sent monter en lui une curieuse agitation - celle qui nous ébranle à la pensée d'avoir oublié quelque chose d'essentiel. Celle qui nous empoigne lorsqu'on arrive, enfin, à lui donner un nom. Il s'étonne maintenant d'avoir mis si longtemps à comprendre. Amandine aurait été, après tout, le remède rêvé : l'antidote évident à sa ration quotidienne de nausée. Elle, dont la peau épousait si parfaitement le galbe de l'os, dont le tissu et le grain de la chair évoquaient le marbre et la porcelaine. Rien chez elle de visqueux ou de glaireux; le feu du soleil l'avait purifiée. Comme une branche d'ormeau, une tige de blé, le sel ou le sable, Amandine se serait révélée, sous les mains de Gabriel, sèche, souple, incorruptible. Vivant à la portée du souffle des autres, elle s'était arrangée tout de même pour leur échapper. Ils n'avaient eu pour elle que le poids de l'air, d'une de ces pensées qu'on écarte d'un geste de la main et qui ne laissent jamais dans leur sillage la gêne d'un souvenir. Près d'Amandine, Gabriel aurait pu apprendre, il y avait déjà longtemps, à faire abstraction des hommes et de leurs exhalaisons charnelles; avec elle, il aurait appris le secret de l'imperméabilité.

Elle a encore devant les yeux le massacre de l'après-midi. Une collision superbe entre un semi-remorque et une voiture sport, un fracas de vitre et de métal, un giclement de sang et de chair que les gendarmes s'étaient empressés de balayer dans de grands sacs verts et d'emporter. Et pour le reste, le ciel s'était mis de la partie, versant sur la chaussée des trombes d'eau qui avaient chassé jusque dans l'herbe des fossés les longues saignées noires. Amandine a tout vu. De sa place derrière la fenêtre du restaurant, elle a entendu le choc des machines, le bruit sourd et mat du marteau contre l'enclume. Elle s'est demandé si le monsieur avait eu le temps de pousser un cri, ou si la dame, ouvrant des yeux épouvantés, avait tenté de se couvrir le visage, avait étendu les bras pour parer le choc. À la seule idée de ce geste dérisoire, un bruit rauque naît au fond de la gorge d'Amandine. Elle est fascinée par l'image de ces bras blancs, longs et secs et frêles comme des roseaux, levés devant la face dure de la mort; elle l'a suscitée souvent au cours des heures qu'elle a passées devant la fenêtre qui donne sur l'asphalte noir et luisant sous la pluie; elle l'a appelée et interrogée, a tressailli chaque fois d'horreur et d'émerveillement devant la fragilité de la chair et l'implacable collusion du temps. Un pleur qui lui échappe, ou un grognement de plaisir, et elle continue de fixer des yeux cet espace convulsé de vent et de vide...

Amandine a compris, jeune, que ce n'est pas sorcier, la mort. L'envers des choses, l'autre vie qui bat sous la cloison fine comme une membrane. Sous la terre, sa mère vivait encore dans ses phanères. Et dans l'âme de Léopold gisait le corps d'un gamin de quatorze ans. Elle-même porte au creux de son jeune âge le virage manqué qui finira ses jours. Elle se sait vouée à l'accidentel. À une fin, au bord d'une route, dans sa trente-neuvième année, violente et éclaboussée de sang. D'ici là, elle chantera les blues...

Les religieuses de l'Académie l'avaient grondée pour sa paresse, sa langueur séduisante, pour les bas rouges dont elle agrémentait l'uniforme gris des étudiantes, pour le soutien-gorge noir qu'elle portait sous la blouse de nylon transparent. Elles lui avaient confisqué ses cigarettes, avaient condamné sa musique du diable, l'avaient menacée d'enfer. En retenue dans les salles d'étude, Amandine avait continué à chanter.

Elle avait vu sa mère, la belle Clothilde, sombrer peu à peu dans une insidieuse folie. Elle avait été témoin des accès de fièvre de Léopold, avait emprunté avec lui les méandres de la démence et, face au mal et à la déraison, Amandine avait chanté.

Puis, elle s'était tournée vers les garçons. Sachant d'instinct qu'ils étaient malléables, exploitables, qu'elle pourrait en tirer profit pour ses propres excès, même si elle ne les aimait pas. Leurs jeux puérils, leurs mains toujours affamées l'avaient ennuyée, et leur bouche sur la sienne lui avait inspiré un dégoût à la fois viscéral et métaphysique : toutes ces histoires d'haleines mêlées, d'effluves de corps en proie à la mort, lui avaient chaviré le coeur. Mais ces garçons avaient su lui procurer ce qu'elle voulait : des réseaux de routes, un volant, des roues, le délire de la vitesse, le péril, la promesse d'une belle et fracassante finale. Elle était montée avec quiconque l'avait invitée, avait fait des kilomètres de route avec de parfaits inconnus pour le simple plaisir de rouler, avait accéléré, son pied impitoyable sur celui de l'autre, pour se griser de vent et de terreur, avait payé ces escapades de son corps, se livrant à ces garçons tout tremblants d'effroi et de désir dans les sièges arrière de leurs voitures, cherchant à étouffer leur peur et la sienne dans l'étreinte de ses jambes brunes.

Les camionneurs la connaissent bien; Mandy, qu'ils lui disent, je m'en vais à Memphis cette semaine, à Chattanooga, je me rends jusqu'à New Orleans. Et Amandine jette un regard désemparé vers la cuisine, cherche des yeux le visage rassurant d'Irène, voudrait donc que la patronne l'empêche de partir encore une fois. Mais la tête d'Irène est penchée sur le gril, les crêpes à tourner et les saucisses à brunir, et Amandine se retrouve seule comme toujours avec son désir et sa hantise. Elle se sait vaincue d'avance, séduite par la seule idée de rouler vite sur les interminables routes du pays, blottie dans la cabine du camion, survolant ces étendues de champs et de forêts, longeant les lumières de la ville sans jamais s'y laisser prendre, et dans sa tête et dans ses os le moteur qui vrombit, tourne et tourne et la rapproche avec chaque kilomètre parcouru de l'inévitable secousse. Elle ne refuse jamais, court à sa chambre de motel, fourre un jean propre dans un sac de nuit puis, installée à côté du camionneur penché sur le volant, elle embrasse la route et son virage caché, un air de blues dans l'âme.

Il n'en revient pas. Elle est toute blanche, comme si elle sortait d'une longue convalescence. Elle est fine et transparente comme une pousse d'immortelle. Quand a-t-elle mué, à quel moment a-t-elle troqué sa peau étanche contre cette enveloppe si tendre et diaphane, qu'est-ce qui a pu provoquer l'étiolement de ce fruit doré, gorgé de soleil? Gabriel, tout secoué, se glisse sur la banquette derrière une table du fond. Elle ne l'a pas vu entrer, n'a pas détaché son regard du trou noir creusé là-bas sur la chaussée entre les flaques de lumière des réverbères, ne sait pas encore qu'il est là, celui qui est venu troubler la poussière de ses souvenirs. Elle ne sait pas que, de sa place au fond du restaurant, il peut voir la veine bleue qui bat sous la peau de sa tempe gauche, qu'il observe l'ombre de ses cils sur sa joue blafarde, qu'il pose sur ses doigts blancs et nus un regard désemparé. Il se rappelle les mains brunes de l'autre Amandine, lourdes de bagues et de désinvolture, leurs ongles opalins qui luisaient, laiteux, dans la pénombre de la rue endormie, il se rappelle leurs gestes abrupts, leur force, leur mépris. Elles sont pliées, aujourd'hui, l'une dans l'autre, et elles ont quelque chose de faible, d'inachevé, comme si celui qui les avait sculptées avait succombé à l'ennui ou la paresse, et les avait abandonnées à l'informe boue de l'argile.

Gabriel tourne lui aussi son regard vers la nuit et la route vague sous l'eau et, dans les reflets de la vitre, il tente d'évoquer les émotions qu'elle lui avait fait vivre, la nuit, elle et ses mains brunes. Il se rappelle les cigarettes américaines qu'elle laissait griller entre ses doigts, le capiteux de leur boucane luttant dans le noir contre les odeurs mouillées de la terre et le parfum sauvage qui montait de sa gorge. Ces nuits-là, Gabriel avait appris à respirer. Il se rappelle son visage derrière la vitre d'une auto, puis sa main levée en signe d'adieu. Par la fenêtre ouverte d'une Pontiac verte, il avait vu le fouet de ses cheveux sombres. Il l'avait regardée s'envoler, ses joues brûlantes sous la gifle de son passage. Il avait vu aussi sous les épaules trop larges d'un blouson d'homme, le minuscule corsage ajouré qui laissait deviner la peau hâlée de son ventre. Il se rappelle qu'il l'avait désirée.

Mais parfois ces nuits-là, Gabriel aurait voulu l'étrangler, la belle Amandine. Lorsqu'il l'avait vue se promener le long de la rivière et sous les arbres du terrain vague, s'arrêtant de temps en temps pour se laisser embrasser par l'étranger à ses côtés, ou pour rire son faux rire à gorge déployée; lorsqu'elle avait écrasé sous son pied les mégots encore tout chauds de sa bouche dans la terre molle du champ, ou qu'elle avait foulé impunément ses lieux secrets; lorsqu'elle s'était enfin laissée tomber dans les bras avides de l'autre et, sous les étoiles et parmi les herbes folles, s'était abandonnée avec lui au plaisir, Gabriel avait à peine maîtrisé l'envie de hurler, de battre, d'occire. Le jardin de Camille profané, son ciel avili, et la peau brune d'Amandine une flaque sombre au clair de lune.

Il se décide à partir sans dire un mot; les yeux toujours tournés vers la nuit, il s'avoue incapable de raconter à cet être de chair sa vision d'un ange. Il lui faudra retrouver la petite Camille, la présence matérielle du fantôme vaporeux qui l'avait visité dans un bar du Mexique sans l'aide de la trop sensuelle Amandine.

À l'époque de la dernière folie de Léopold et de la disparition de Camille, la peau d'Amandine était vraiment très brune. Même dans la neige, au plus creux de l'hiver, elle ne perdait pas sa patine bronzée : elle avait bu jusqu'à l'os le soleil d'été. Dans sa tête, dans son ventre, elle gardait en permanence les paroles, les rythmes et les accents du Tennessee. Lorsqu'elle se mettait une perruque sur la tête et s'attifait de dentelles, de houppes et de floches, on l'aurait prise sans hésiter pour une réincarnation de Bessie Smith. Et lorsqu'elle ouvrait la bouche pour chanter

> *There ain't nothin' I can do or nothin' I can say*
> *That folks don't criticize me*
> *But I'm gonna do just as I want to anyway*
> *And don't care if they all despise me...*

l'illusion était complète. Un commis-voyageur, spécialiste en sous-vêtements pour dames, devant qui elle montait de petits spectacles dans les chambres de motel qu'ils fréquentaient les nuits de fugue, l'avait persuadée qu'elle ferait un malheur dans une boîte de nuit qu'il connaissait de l'autre côté de la frontière. Une gargote qui se prenait pour un speakeasy d'Atlantic City, une poignée d'amateurs de piano massacre et de cornet grinçant, une abondance de mauvais gin à bon marché, et la scène était mise pour «Mandy», la duchesse des blues. Elle y avait passé six jours en février, six jours inoubliables, pendant lesquels on lui avait fait la cour, on l'avait couverte de boas de plumes, on l'avait fait chanter pour une petite foule entichée du quatre temps, «There'll be a Hot Time in Old Town Tonight», puis «Ain't Nobody's Business If I Do», puis «Beale Street Mama», puis «How Come You Do Me Like You Do». L'auditoire ému s'était épuisé en applaudissements, en avait redemandé, avait révéré l'inconnue qui, la tête rejetée sur l'épaule, les yeux fermés, avait rempli la salle de ses plaintes languissantes. Mandy avait commandé des *grill-cheese* de la cuisine de l'hôtel à trois heures du matin, elle avait pris de la vodka dans son jus d'orange au petit déjeuner, elle avait écouté du jazz de minuit jusqu'à l'aube, elle s'était couchée dans des draps blancs, un joueur de saxophone noir contre sa peau, elle était tombée amoureuse de son corps noir, de sa musique noire, de ses yeux noirs. Elle avait connu la passion, la vraie, celle dans laquelle tout l'être se perd et se noie, celle qui frise la folie. Elle s'était donnée éperdument, avait aimé éperdument, s'était grisée de nuit et de chanson, avait oublié pendant six jours la route et ses tournants. Lorsque son commis-voyageur s'était repointé à la fin de sa tournée dans l'est, elle avait repris la route avec lui, décidée de rentrer mettre un terme à l'existence qu'elle avait connue dans le colombier de la rue Seine entre un ancêtre débile et une soeur sauvageonne, de faire ses malles et de revenir en toute hâte à la boîte de nuit de Duluth. Elle passa les deux jours qu'ils mirent à regagner le Canada à parler de la vie qu'elle avait entrevue là-bas, de celle qu'elle allait mener désormais, elle, une star américaine, les grosses voitures, les voyages, les fourrures, les beaux hommes, l'argent, la renommée, bref un continent à ses pieds. Le vendeur conduisait sans dire un mot; il avait l'air d'écouter, semblait vouloir écouter, mais chicoté d'un bord et de l'autre - une pensée agaçante, un souvenir désagréable, une aigreur à l'estomac - il finit par n'en saisir que la moitié. Comme toujours lorsqu'il partait en voyage, il avait trop bu, trop fumé, trop baisé, et chaque petit coin de son corps et de sa conscience le lui rappelait. Il faudrait se remettre au régime, éviter la cigarette et les chilis épicés, renoncer pour un temps au rhum, se priver de femmes, bien dormir, bien manger, et se résoudre enfin à se trouver une vraie job. Quelque chose qui avait de l'allure, quelque chose de motivant, plus cette pute de route qui vous grignotait la vie, vous laissait les yeux cernés, le teint terreux, le ventre ulcéré, la pissotte en feu, puis les poches vides. Qu'est-ce qu'il donnerait, maintenant, pour pouvoir recommencer. Pour avoir sa vie devant soi, comme la petite minette à

côté de lui, dix-sept ans à peine, et des rêves plein la tête.
Il n'y avait pas de danger qu'elle se laisse faner par la vie,
celle-là. Belle comme une catin, et du talent par-dessus le
marché. Elle irait loin, il en était sûr, rien qu'à lui voir les
yeux de feu et la bouche affamée, elle saurait la mater, la
chienne de vie, la prendre par le cou et la secouer. Il se
remit à l'écouter. Le paradis qu'elle lui décrivait lui sembla
si beau, d'abord, qu'il ne put le reconnaître. Il était
exotique, ailleurs, complètement autre. Il était fait de nuits
sans fin et du délire de l'excès. Il était fait de luxe et de
luxure, de paresse et de débauche. Il était superbe. Il était
veule. Il était méprisable. Et soudain, sans savoir pourquoi,
il eut du mal à voir clairement la route, le commis
voyageur. Ses yeux étaient pleins de buée. Amandine, tout
au bonheur qui l'attendait, ne s'aperçut ni de ses larmes,
ni des virages qu'il faillit manquer.

Rentrée rue Seine, elle avait compris très vite qu'il
est certains paradis qui ne résistent ni à la mort, ni à la
folie. Au plus noir d'une nuit de février, elle avait fait un
trou dans la glace de la rivière et elle y avait noyé ses robes
de dentelle, ses chapeaux et ses foulards de plume. Elle
s'était plu à imaginer que ces épaves se retrouveraient
toutes, emportées par le courant vers une même et unique
place, les loques de vêtements, les petites bêtes noyées,
les jeunes filles perdues. Et les paroles, aussi, de tous les
blues que plus jamais elle ne pourrait chanter.

Elle les sert maintenant. Des hommes en casquette, à
la voix forte, qui s'efforcent pourtant de baisser le ton pour
lui parler. Avant que Gabriel ait pu se décider à partir, ils
sont entrés, envahissant le restaurant, déclenchant par leur
seule présence, un branle-bas effréné dans la cuisine et
toute une flotille d'arômes alléchants : les oeufs au bacon,

le pain grillé, les patates frites, l'incontournable café. Ils sont massifs, ces camionneurs, à l'instar des véhicules monstres qui vrombissent dans le stationnement, ils mangent grand, ils parlent gros, ils s'allongent d'immenses claques dans le dos. Dans ses vêtements larges comme des ailes, la serveuse volette entre ces tablées de géants comme un oiseau blême, chargeant sur ses minces bras blancs des rangées d'assiettes fumantes. Elle va, revient avec la cafetière, le ketchup, les grands verres d'eau, n'élève jamais la voix, communique avec la cuisinière par hochements de tête et signes de la main, s'arrête seulement lorsqu'un des hommes l'attrape par le bras et la retient un moment près de lui. Alors elle baisse la tête, laisse retomber tout le poids de sa chevelure sur son visage pâle, elle écoute, les bras croisés sur le plateau qu'elle tient contre sa poitrine, et quand il a fini de parler, elle relève les yeux vers la cuisine, regarde Irène dans le blanc des yeux, attend d'elle la permission de s'enfuir. Mais aujourd'hui, Irène dit non. Par l'ouverture pratiquée dans le mur, là où pendillent les feuillets de commande, Gabriel voit que la tête grise en filet à cheveux branle de côté et d'autre, mais il ne sait pas ce que cela signifie, ne sait pas que la petite serveuse devra se plier à l'injonction de la patronne et ne pas partir aujourd'hui en compagnie de Mac ou de Jim ou de Pete vers cette ville lointaine où les saxophones braillent et les belles noires chantent le jazz. Il ne voit pas que la petite se mord les lèvres avant de se détourner de l'homme et de s'envoler.

La salle se vide comme elle s'était remplie; dans un bruit de chaises repoussées, un claquement de portes, un crescendo de voix. Gabriel les regarde partir, observe la camaraderie facile des hommes, éprouve un vif désir de

connaître encore la route et, laissé seul de nouveau,
s'étonne d'être toujours là. Il laisse errer son regard indécis,
se retrouve au bout d'un instant les yeux dans les yeux
d'Amandine, et sait maintenant pourquoi il attend
toujours. Ce qu'il n'aurait pu avouer à l'ancienne
Amandine, il pourra le dire en toute confiance à la
nouvelle, la pâle, l'éthérée.

Elle s'approche maintenant de lui, oublie le torchon
sur la table qu'elle essuyait, rejette d'une main la mèche
gênante qui lui tombe dans les yeux.

— Je ne t'avais pas vu, lui dit-elle. Tu attends depuis
longtemps? Qu'est-ce que je t'apporte?

Elle ne l'a pas reconnu, le prend pour n'importe quel autre
client. Gabriel ne dit rien, la fixe du regard. Il observe les
nuances de lumière qui fulgurent dans ses yeux, le noir
d'irritation, de colère passagère, la terne fatigue, l'étonnement clair, et enfin, enfin, la lueur de reconnaissance. Les
genoux de la fille se ploient comme sous un coup sec, elle
se laisse effondrer dans la chaise en face, pose un bras sur
la table, l'allonge, comme pour toucher le garçon du bout
du doigt. Comme si elle voulait, mais n'osait pas.

— C'est pas vrai, dit-elle. C'est pas toi. T'as tellement
changé, ça se peut pas.

«Et toi, donc!», veut-il dire : c'est si évident, ça l'étreint de
la voir si altérée, mais il refuse de la blesser.

— Mais toi, dit-il plutôt. T'es toujours la même : toujours
aussi belle.

Elle sourit d'un air entendu. Elle est habituée à l'adulation
des hommes, ne s'y méprend plus. Il n'y a plus d'illusions,
de toute façon. Pourtant, elle se lève, rejette la tête en arrière
en riant, et se dirige vers le juke-box en roulant un peu les
hanches. Elle sait qu'il la suit du regard, veut mettre à
l'épreuve son ancien charme, jubilerait si elle le découvrait

à son retour palpitant de faim. Comme lorsqu'il avait dix-sept ans. Elle enfonce une main dans la poche de son jean, retrouve un peu de monnaie, pitonne la machine d'une main habituée, et se retourne vers Gabriel. Puis l'oublie aussitôt, parce que quelqu'un chante :

> No time to marry, no time to settle down
> I'm a young woman, and ain't done runnin'
>   round'
> See that long lonesome road? Lawd, you know
>   it's gotta end
> I'm a good woman, and I can get plenty men.

Toujours appuyée contre la machine, Amandine écoute, les yeux vitreux. Aux premières notes de musique, Irène sort de la cuisine, prend le torchon qui traîne sur une table, se met à laver les surfaces avec de grands gestes puissants. Elle s'approche de Gabriel, hoche la tête en direction d'Amandine, partie, perdue, et lui dit d'une voix pleine de colère affectueuse :

— Est folle, la pauvre. C'est ben correct, mais je commence en avoir plein le casque de faire mon travail pis le sien itou.

Gabriel lui sourit, un peu mal à l'aise, lui dit qu'il l'avait connue quand elle était petite. Elle et sa famille.

— Sa famille, glousse l'autre. A pus de famille pantoute, la Mandy, à part le vieux fou à l'hospice. Mais est ben bonne pour lui, par exemple : a va y rendre visite tous les mercredis après-midi.

Irène lui raconte qu'Amandine ne manque jamais au rendez-vous avec son grand-père. Vers une heure de l'après-midi, elle prend son sac sur son épaule, se met debout sur le bord du chemin et lève le pouce.

— Fais donc pas ça, que j'y dis. Tu vas te faire maganer un de ces beaux matins, mais a m'écoute jamas, la p'tite, a toujours fait à sa tête, j'cré ben.

Irène arrête de frotter un moment, se tient debout devant Gabriel, un sucrier poisseux dans ses mains immobiles. C'est une grosse femme, les bajoues bien rouges et bien charnues, les bras ronds et solides, la poitrine ample sous le corsage de son tablier. Gabriel remarque les savates qui couvrent à peine ses pieds enflés et se rappelle celles que traînaient autrefois les ménagères de la rue Seine. La bonne Irène, songe-t-il, sort tout droit de ce monde-là.

— Un mercredi quand j'avais des commissions à faire en ville, j'ai dit à la petite que je l'amènerais voir son grand-père, que même, j'monterais lui dire bonjour, au vieux, ça pourrait ben y faire plaisir d'me voir la face. Parce que d'la visite, hein, y'en a pas plusse qu'y faut.

Arrivées à l'étage, Irène avait suivi Amandine le long des corridors jusqu'à la chambre de Monsieur Collard. Elles l'avaient trouvé assis devant la fenêtre; un vieux monsieur, tout petit dans sa chaise, qui regardait droit devant lui, les yeux grands ouverts sur le ciel bleu de l'autre côté de la vitre...

Une chanson finit, une deuxième commence. Amandine ne bouge toujours pas de sa place près de la machine. Irène a posé le sucrier, s'en prend maintenant à la salière.

— A va ben me présenter à son grand-père, que j'me dis, y va se demander ce que j'suis venue faire icitte.

Mais non, Amandine ne dit pas un mot. Elle place une chaise à côté de celle de son grand-père, elle s'installe tout près et se met à son tour à contempler le ciel.

— J'me tasse un peu, pour y vouère la face, à c'te vieux bonhomme, et j'me rends ben compte, ça saute aux yeux,

bon sang, y voit pus rien pantoute. Y'a le regard loin, loin,
comme si y pouvait vouère jusque dans un autre monde,
y comprend pus rien, y'entend pus rien, veut pus rien
savouère. Pis la Mandy, elle, assis' là au raz de lui, que
c'est donc que j'la voé faire? Tomber elle itou en extase,
pareil au vieux, la face tournée vers la fenêtre, les yeux
pleins de vide.

Irène les observe un moment, ces pauvres fous, puis se
décide à partir. Elle s'arrête une minute derrière la chaise
d'Amandine, lui met une main sur l'épaule, et lui dit :

— Salut ben, là, j'te verrai plus tard. Pis avant de partir,
j'fais comme elle, j'regarde drette devant moé, pour vouère
un peu ce qu'a peut ben regarder. Pis franchement là,
monsieur, j'vous le jure, y'avait absolument rien à vouère.
Les feuilles des arbres d'en-bas bougeaient même pas par
rapport qu'y avait pas de vent, les chars passaient pas ben
ben souvent su' la Taché, y'avait rien à vouère pantoute,
tout était plate pis ben ennuyeux, y'avait juste près du
pont queques pigeons comme de raison qui montaient pis
descendaient. Pis y'z'étaient-là, ces deux sans dessein,
plantés devant la fenêtre comme si y'allait se passer
queque chose d'extraordinaire. J'savais plus si je devais
rire ou ben donc brailler. À place, j'ai sacré mon camp, pis
j'ai pus jamas offert à Amandine de la reconduire chez
son grand-père. Pis j'fas de mon mieux pour oublier devoù
qu'a va, les mercredis, quand j'la voé prendre son p'tit
sac.

Elle a fait le tour des tables maintenant, le chrome
reluit, les cendriers sont vides. Elle prend la cafetière
derrière le comptoir, et revient remplir la tasse de Gabriel.
Avant qu'elle le quitte pour la vaisselle qui l'attend, avant
que la musique ne cesse, Gabriel la retient encore un peu.
Il veut savoir des choses, lui pose des questions, parle

d'Amandine comme d'une absente ou d'une disparue, comme on parle d'une défunte. D'Amandine, debout à dix pas de lui, immobile, silencieuse, ses yeux éteints, sa chair livide, la vie en elle plus qu'un battement fébrile dans le pli de son cou. Irène se verse une tasse de café, s'installe en face de Gabriel, croise ses bras massifs sur la table devant elle. Et elle raconte : Un frais-chié soûl comme un cochon au volant d'une voiture qui fait des embardées démentes, des écarts et des queues de poisson. Elle manque de justesse de s'écraser contre toute une file de voitures, finit par louper un virage, fonce dans le fossé cul par-dessus tête, et roule et roule et roule, et s'arrête enfin en se balançant furieusement dans un nuage de poussière et de fumée. On a dit, quelqu'un a dit, qu'on les a entendus rire, les jeunes à bord, la radio jouait toujours, ils étaient assis à l'envers et s'esclaffaient, des rires maniaques et débiles, et soudain, une explosion, et la voiture était en feu, l'essence, l'alcool, l'excès, les jeunes corps incinérés avant même que le rire ne s'éteigne dans leur gorge... On l'a trouvée errant dans les champs, aucune égratignure sur la peau, une rescapée, disait-elle, de la route et du feu, l'odeur de gin que dégageaient ses cheveux la seule preuve de sa complicité avec le scandale dans le fossé.

Dans les jours qui suivirent, Irène l'avait souvent revue. Elle l'avait aperçue dans le champ même où on l'avait découverte à la suite de l'accident. Elle marchait la tête penchée vers le sol, à la recherche peut-être des derniers vestiges du brasier, quelques cendres chagrins, quelques tristes poussières. Irène l'avait regardée par la fenêtre du restaurant, elle l'avait observée longtemps avant de se décider. Un jour enfin, elle avait enlevé son tablier et avait enfilé ses grosses bottes avant de prendre le chemin du champ. Amandine avait refusé de lui parler, refusé de rentrer prendre un Coke ou un café, n'avait pas levé la tête à son approche, ni les yeux au son de sa voix.

Une semaine plus tard, pourtant, Irène l'avait découverte dans le stationnement du restaurant, debout entre les camions géants qui menaçaient d'écraser d'un mouvement maladroit le bout de chair qui se risquait entre eux. Elle avait le nez levé, respirait avec un bonheur évident les effluves de diesel, de métal surchauffé, de caoutchouc brûlé, épiait les camionneurs, leurs départs, leurs arrivées, se mit à les suivre à la piste comme une petite chienne égarée. Puis, un jour, Irène l'avait vue monter dans la cabine d'un camion. Puis, une semaine plus tard, en redescendre, le visage tout épanoui. Et elle avait su que la petite rentrerait alors pour prendre un Coke. Et plus tard, un tablier.

— A travaille avec moé depuis quasiment cinq ans - j'y laisse un unit du motel pour dormir, a prend ses repas au restaurant, a part en voyage quand ça y chante - a pourrait faire pire, hein?

Mais il y a une lueur inquiète dans les yeux de Gabriel, et elle la voit, et elle se hâte pour le rassurer.

— Fais-toi z'en pas, qu'elle lui dit, y la touchent pas, les gars. Y l'emmènent pour une ride pis c'est toute. Va pas te faire des idées, là. Y voient ben qu'est pas correcte, Amandine.

Gabriel a encore cet air troublé. Il attend un peu, tourne les yeux vers Amandine, se retourne de nouveau vers le gros visage d'Irène.

— Comme ça, elle ne vous a jamais parlé de sa soeur, de sa petite soeur?

Irène fait un effort pour se rappeler, elle fronce des sourcils, fait la grimace, mais finit par hocher de la tête.

— Jamas, qu'elle lui dit. Faut croire qu'y en a pas...

Elle ramasse sa tasse et sa soucoupe et se dirige vers la cuisine. La musique est finie, Amandine secoue sa tête engourdie, aperçoit Gabriel et sourit. Elle revient vers lui, en se lissant les cheveux du bout des doigts. Gabriel la suit des yeux, essaie de mesurer l'étendue de sa folie, craint qu'elle ne soit profonde, mais ne se sent pas capable de la quitter encore pour autant. Consciente de son regard, elle joue un peu avec le bout d'une mèche, rabat ses paupières sur ses yeux noirs, et se glisse d'un mouvement souple des hanches dans la chaise en face de lui.

«Elle a un garçon, Irène», qu'elle lui dit.

Gabriel ne répond pas, attend la suite. Mais Amandine a baissé la tête pour cacher ses grimaces de plaisir; Gabriel est tout étonné de voir qu'elle rigole en silence. Il se laisse prendre au jeu.

— Ah bon? Et il est comment, le garçon d'Irène?

— Drôle. Il est drôle, Marc. Il veut se marier avec moi.

Derrière le comptoir, Gabriel voit Irène qui vrille un doigt contre sa tempe en hochant de la tête. Il se rend compte, soudain, qu'il nage en pleine démence. Il a le goût, pourtant, de voir jusqu'où ça peut aller. Il regarde Amandine, l'encourage d'un grand sourire.

— Et tu veux bien?

— Oh, tu parles! Il veut m'emmener vivre avec lui dans une ferme. Une vraie. Tu sais : avec des vaches et des poules et des cochons. Loin de tout. On ne peut même pas voir la route des fenêtres de sa maison. Que des champs, des arbres et des bêtes. Je ne pourrais jamais vivre comme ça.

Gabriel hésite un moment, il est tiraillé entre le désir de savoir et la crainte de tout gâcher. Mais enfin, il se risque à le dire :

— J'en connais une, moi, qui aurait été ravie d'aller vivre parmi les bêtes et les champs de blé.

Amandine ne répond pas; elle avance vers lui un visage perplexe, l'interroge d'un oeil avide. Au bout d'un silence, elle demande :

— Tu as connu beaucoup de femmes, dis? Tu as aimé?

Gabriel se sent pris, poinçonné par l'intensité de son regard; il sent monter en lui une curieuse émotion, une agitation qui ressemble beaucoup à la peur. Une réticence, soudain, à la suivre dans les dédales de la folie. Mais il s'en repent aussitôt, il approche d'elle son visage attentif, plonge dans les profondeurs de ses yeux et se laisse sombrer.

— Oui, Amandine. J'ai aimé.

«Moi, pas.» Un silence. «Oh, si, une fois. Mais c'était loin d'ici, et il y a de ça bien trop longtemps.» Encore un silence. «Je n'aime pas Marc.»

Elle laisse tomber sa tête, mais ne cache cette fois aucun sourire dans les flots de ses cheveux. Gabriel allonge le bras pour lui saisir la main.

— Tu sais, Amandine, c'est moi qui habite dans ta maison maintenant.

Elle lève les yeux sur lui, penche la tête et le contemple, une expression vacante sur le visage. Elle n'a visiblement rien compris.

— La nôtre, tu t'en souviens, elle tombait déjà en ruines à l'époque. Ils l'ont rasée. Mes parents sont allés habiter ailleurs. Mais la tienne, elle est toujours là, et c'est moi qui l'ai achetée...

— Ils ont mis des planches sur les fenêtres.

— Je les ai enlevées.

— Ils ont mis un cadenas sur la porte.

— J'ai une clé, maintenant, et une nouvelle serrure.

«Il y a une rivière derrière.» Une pause. «Je n'aime pas
l'odeur de cette rivière.»
— Ça sent... comment?
— Ça sent... ça sent les cheveux, et la pourriture. La
viande, la viande pourrie.
— Mais non, Amandine, ça sent le chèvrefeuille et la
menthe près de la rivière, et quand il fait très chaud, ça
sent l'anis.
— Il fait trop chaud dans ce jardin. Je me suis calciné la
peau dans ce jardin. Mais quand je m'en suis aperçu, il
était trop tard, j'étais brûlée, et la petite, elle, la petite s'était
noyée.
      Gabriel retient son souffle. Noyée, Camille noyée.
Comme dans sa première vision d'elle. Mais pas dans une
eau. Dans des vagues et des vagues de plumes de colombe,
dans des flots et des flots de blé d'or. Il rage maintenant
devant le lyrisme de ces images. Elles sont fausses,
hypocrites, lui cachent la vraie face de Camille. Et celle
qu'il tente de saisir dans les yeux d'Amandine n'est plus
qu'un reflet changeant à la surface d'une eau.
— Tu n'es pas brûlée, Amandine. Regarde, ta peau est
toute blanche.
— Il a fallu que je me cache, Gabriel. Il y avait un oeil
dans le ciel qui me guettait, je ne sortais que la nuit pour
l'éviter et, tu vois, elles sont tombées de mes bras, de mes
jambes, de mon ventre, de tout mon corps, comme des
écailles, ou des plumes, je les trouvais dans la baignoire,
et dans mon lit, des taches de peau brune accrochées aux
draps, et ce qu'il y avait en-dessous, c'était tout rose et
tout tendre. Même le vent me faisait mal quand il soufflait
sur moi, je ne supportais plus le froid, je ne pouvais plus
me chauffer au soleil, ou ouvrir tout grands mes yeux, ou
parler fort, ou rire, ou chanter... Oh oui, Gabriel, je suis

brûlée. Ma peau est toute blanche, tu vois, mais en-dedans, ma chair, mes os, mon sang - ils sont tout noirs, parce que je suis restée trop longtemps au feu.

Gabriel ne dit rien. Tous les mots qu'il aurait voulu prononcer meurent sur ses lèvres. Il tient toujours la main d'Amandine dans la sienne, la serre bien fort, voudrait la presser contre sa bouche. Un bruit à la porte la fait se retourner. Elle dégage sa main de l'étreinte de Gabriel, se met debout, refait le noeud de son tablier, se dirige vers le comptoir. Il la suit en trébuchant, voudrait encore la retenir, mais les hommes entrent, secouant la pluie de leurs casquettes, réclamant dans des voix fortes que l'on leur amène à boire. Amandine tourne vers eux son visage pâle, se penche sur son crayon, oublie le garçon qui hésite toujours à la porte du restaurant. Il y a le café à servir, les toasts à griller, ce long déjeuner qui n'en finit plus. Et peut-être, si Irène le veut bien, et Stan ou Fred ou Frankie l'y invite, il y aura pour elle cette nuit, entre les champs silencieux et sous le ciel étoilé, une route longue et belle et truffée de tournants.

Le colombier

Chapitre X

Ce jour-là, Amandine a chanté. Elle est rentrée à sa chambre de motel au crépuscule, les semi-remorques sifflaient sur la grand'route, le soleil tachait de mauve les nuages du coucher, et elle marchait en faisant crisser le gravier sous ses pieds. Il lui semblait que le balancement de son corps scandait le rythme d'un blues lent. Elle s'est mise à fredonner un petit air de Bessie Smith, puis à entonner, «If I do, if I do, if I do», suivant la cadence de ses pieds, et enfin, rendue à la porte de sa chambre, elle a laissé glisser la dernière phrase du refrain : «It ain't nobody's business if I do». Puis, selon son habitude, elle a sorti sa chaise de chrome, l'a plantée sur le seuil de la porte bien en face de la route et de son périlleux carrefour, et est

rentrée placer un disque sur le plateau de son phono-
graphe. Les onze autres unités du motel étaient vides ce
soir d'été. Ni les touristes, ni les commis-voyageurs
n'avaient encore été surpris par la nuit. Elle ne risquait de
déranger personne. Le volume tourné au maximum, elle
s'est installée face au couchant et, levant la voix dans la
pénombre, elle a accompagné les plaintes et les caresses
des vieilles rengaines noires. Elle a écouté trois disques
avant de se décider à rentrer. D'un mouvement réflexe,
elle a allumé la télé, pensant devoir s'endormir dans la
lumière blafarde de l'écran, comme toutes les nuits depuis
qu'elle avait quitté la rue Seine. Mais une fois dans son lit,
les visages gris qui dansaient devant ses yeux l'ont
empêchée de voir clairement les images qui lui
remplissaient la tête. Images de jardins baignés de lumière,
de l'eau sur les feuilles vertes d'un potager, images d'une
lune jaune au coeur d'une nuit d'été, d'une fille, d'un
garçon, leurs chuchotements intenses dans le noir d'une
rue déserte, leurs espoirs, leur avenir, leur ardeur, leur
complicité, leurs corps beaux et jeunes et indomptables.
Agacée par la voix grise qui murmurait dans son oreille,
Amandine s'est levée pour éteindre et, aussitôt recouchée,
est tombée dans un sommeil sans rêve. Un silence blanc,
tout simplement, un canevas vide où personne encore
n'avait tracé de rivière ou de flamme ou de visage d'enfant,
un paysage d'attente, tout en puissance.

   Le lendemain, elle a noué ses cheveux sur sa nuque
et a servi les hommes la figure dégagée. Quand Willy l'a
retenue un moment près de sa table pour lui dire qu'il
était en route pour Saint-Louis, elle l'a regardé dans le
blanc des yeux et lui a dit que non merci, Wil, ça serait
peut-être pour une autre fois. Willy a regardé les autres

en levant les sourcils, puis a replongé le regard dans ses oeufs au bacon sans prononcer un autre mot.

À midi, plutôt que de s'installer devant la vitrine du restaurant pour voir rouler les poids lourds, elle a pris la porte de derrière, a retroussé ses manches pour exposer ses bras blancs au soleil, et est allée se jucher sur une souche en pleine clairière, son visage tourné vers le ciel. Elle a refait connaissance avec les sensations qu'elle avait si bien connues autrefois, le poids de la chaleur sur ses os, cette lourdeur, comme celle d'un corps ajusté au sien, le goût de sa peau salée, la luxurieuse impression de ramollir, de fondre, d'être bue comme une pluie par la terre. Lorsqu'au bout d'une demi-heure, elle est rentrée au restaurant et a renoué son tablier, la couleur de son visage en a étonné plus d'un; les clients qui s'étaient habitués à la présence d'un spectre blême parmi les vieilles peaux tannées des routiers se sont inquiétés de sa santé. On l'a crue victime de fièvre ou de surmenage; quelques-uns ont adressé à l'endroit d'Irène un mot de reproche.

Puis soudain, on l'a entendue chanter. Tout bas, en murmurant comme pour elle-même. On saisissait à peine les mots, mais on pouvait voir, si on se donnait la peine de la suivre un moment des yeux, qu'elle balançait les hanches au rythme de sa chanson. Consternation générale. Il n'y avait qu'Irène qui, dessous son filet à cheveux, affichait un grand sourire. Elle croyait ferme que sa petite Amandine était amoureuse. Aux camionneurs qui l'interrogeaient du regard, elle disait tout bonnement qu'ils étaient trop lents, qu'Amandine avait trouvé un bien meilleur parti; ils n'avaient qu'à chercher ailleurs. Les hommes repartaient sans protester, l'un après l'autre, un cure-dents de travers au coin de la bouche, une main hésitante levée en signe d'adieu. Ils avaient tous _ssion désagréable d'avoir été joués. Pendant qu'eux lui avaient envoyé leurs petites farces plates, comme on fait avec un enfant imbécile, et lui avaient proposé leurs balades en campagne, comme on fait avec un enfant chétif, elle s'était repliée dans son cocon pour préparer ses ailes. En la voyant aujourd'hui toute fin prête à s'envoler, ils ont compris qu'ils s'étaient mépris sur la portée de son silence.

Le mercredi, elle s'est rendue en ville en autobus. Le visage doré, des bagues d'argent et de turquoise à ses doigts bruns, elle est descendue à son arrêt et a gagné l'hospice à pied sans chercher à se cacher du soleil. Dans les couloirs, les soeurs se retournaient pour la suivre du regard. Et lorsqu'Amandine est sortie de la chambre de son grand-père en le poussant dans un fauteuil roulant, elles se sont exclamées toutes sur le visage transformé de la petite Collard. Elle l'a emmené loin, Léopold, au bout du corridor, jusque sur la véranda, où le vent d'été éparpillait sur son passage les parfums de juillet. Ils sont restés à l'ombre, là, derrière la moustiquaire du balcon de la face nord du vieil édifice. Sur les rebords des fenêtres et dans les créneaux de la façade, des pigeons se nichaient. Ils poussaient des roucoulements sourds, de douces plaintes de colombe, et en les écoutant, Amandine s'est surprise à sourire. Ils étaient si près qu'elle pouvait voir le rouge étonné de leurs yeux, aurait pu d'un petit geste de sa main les faire tomber de leurs perchoirs et culbuter vers le sol dans un grand bruit d'ailes. Elle a eu envie soudain d'entendre la chute de leurs corps, le coup sec du claquement de leurs ailes. Elle a levé le bras, l'a agité en l'air et aussitôt les oiseaux se sont élancés dans le vent, lourdement, complaisamment, par simple formalité, passant de l'ombre à la lumière pour faire reluire leur gorge nacrée. Ils décrivaient encore un cercle paresseux au-dessus des tombes du cimetière que l'écho de leur déroute retentissait toujours : un effet inespéré, spectaculaire. Amandine en a eu le souffle coupé puis, ravie comme une enfant, elle a éclaté de rire. Elle s'est penchée alors vers Léopold, a pris une de ses mains raides dans les siennes, et d'un doigt sous son menton a levé son visage immobile vers elle. Voulant lire un quelconque signe de vie, là, dans les profondeurs noires de son regard, elle a été bouleversée de voir que, sur ce vacarme tout plein de souvenirs, Léopold avait fermé les yeux.

Mercredi soir. Debout dans la cour, Gabriel cherche une allumette dans ses poches, a posé sa bière dans l'herbe à ses pieds pour mieux fouiller son jean. Tourné vers la rivière, il ne l'a pas vue s'approcher. Maintenant, il se dirige vers la maison, rentre chercher du feu quand, levant la tête vers la rue, il l'aperçoit, comme ça, sa silhouette découpée sur la verdure des caraganas de la maison d'en face. Aucun doute, sur le coup, aucune hésitation. La fille sur le trottoir se passe une main dans les cheveux, son geste impatient et agressif, comme lorsqu'elle avait dix-sept ans. Son coeur chavire, il ne bouge plus, ne lève pas la main pour la saluer, attend tout simplement qu'elle vienne à lui. Mais elle regarde, n'a pas fini de voir. Elle n'a pas fini d'étudier la maison de son enfance, de trier les souvenirs qu'évoque la vieille baraque, de les regarder en face, un à un. Elle grince des dents, elle ravale les larmes chaudes qui lui nouent la gorge, elle frémit sous le coup des battements furieux de son coeur. De sa place près de la maison, Gabriel ne s'aperçoit de rien. Il attend encore.

Une cigarette froide à la lèvre, une bière tiède oubliée dans l'herbe, il ne bouge pas de peur de l'effaroucher.

Amandine ne s'approche qu'à la nuit tombée. Elle a laissé s'accumuler les ombres autour d'elle, laissé pointer une tranche de lune et quelques pâles étoiles. Gabriel, immobile dans la fraîcheur qui monte de la rivière, ne la quitte pas des yeux. Il la perd plus d'une fois, elle disparaît, s'effaçant dans l'obscurité comme le visage de l'autre s'était estompé dans les vapeurs d'un bar. Mais au moment même où il la croit partie, elle réapparaît, son corps une tache noire sur le noir plus pâle de la nuit. Lorsque le chant des crapauds vient jusqu'à eux, et le vent se couche comme un chien à leurs pieds, elle se glisse vers le garçon en déplaçant les ombres. Elle est là, debout devant lui, la masse de ses cheveux lui cachant les yeux, le parfum de sa peau comme un encens chaud. Gabriel lui met sa cigarette éteinte entre les lèvres, puis, sans la toucher, il se tourne vers la maison, une main ouverte derrière lui pour la guider.

— Viens, dit-il, j'ai des allumettes dans la cuisine.

Un instant, elle ne bouge pas. Au moment où il se retourne, craignant qu'elle ne se soit enfuie, il entend le bruit soyeux de ses pieds dans l'herbe. Il pousse la porte de la maison, lève le bras pour allumer, mais un mouvement d'Amandine l'en empêche.

— Non, dit-elle. C'est mieux comme ça.

Elle cherche le visage de Gabriel dans le noir, trouve sa bouche et, lui effleurant les lèvres de ses doigts, lui remet sa cigarette. Puis, elle traverse la cuisine, prend place à la table sous la fenêtre et tourne son visage vers le terrain vague qui s'étend, ses herbes folles touchées d'argent, depuis le jardin de Léopold jusqu'à la rivière.

— On dirait de la neige, hein. Regarde : c'est tout blanc, comme en hiver.

Gabriel se tient encore debout au milieu de la cuisine, à la limite du carré de lumière versée dans la pièce, mais n'a aucunement besoin de s'approcher de la fenêtre ou de lever les yeux pour voir le champ au clair de lune. Son image s'est si souvent pressée sur lui, s'est surimposée sur la face de la mer, sur la jungle, sur le ciel renversé d'un autre hémisphère : il le connaît par coeur.

— Elle t'a beaucoup manqué?

Un froid soudain lui transit le dos. Déjà, si tôt, elle arrache Camille aux ombres, elle découvre son visage et la nomme? Comme ça, sans angoisse, sans détours? Comme on pose une main ouverte sur une table?... Gabriel est sidéré, lui qui s'était cru obligé d'attendre, de veiller, de guetter l'éclaircie lucide dans un ciel orageux. Ressentant d'instinct la fragilité d'Amandine, sa réticence vis-à-vis des silences du passé, il n'avait pas voulu prononcer le nom qui lui brûle les lèvres. Mais voilà qu'elle a posé sa question comme on déchire un voile et parce qu'il voit, soudain, parce qu'il ose regarder, Gabriel sent monter en lui une grande tendresse. Il tourne sur la femme immobile à la fenêtre un regard plein de douceur. Oh oui! qu'il veut lui dire, elle m'a manqué. Ses yeux surtout, ses yeux sauvages. J'ai eu faim d'elle, de ses pluies, de ses ailes, je l'ai cherchée dans le vide blanc de mes nuits dévastées comme on cherche un rêve ou l'espoir d'une promesse. Oh oui, qu'il veut lui dire. Si tu savais...

Elle ne se retourne pas vers lui, sait d'ailleurs qu'elle ne le verrait plus maintenant que ses yeux sont tout pleins de lune. Sent tout de même que quelque chose se passe dans le noir inquiet. Et insiste.

— Ben, puisque tu étais là-bas, tu sais, dans le Sud. C'est
ton frère qui me l'a dit. Un jour qu'il était passé au
restaurant. Tu sais, qu'il m'a dit, Gabriel habite le Mexique
maintenant, il parle espagnol et tout... Moi, je me suis dit,
ben, ça doit lui manquer un peu, quand même, l'hiver.
Les saisons. La neige.

Gabriel respire de nouveau. A presque envie de rire. Mais
il lui dit plutôt que oui, après tout, il avait eu hâte de revoir
l'hiver.

— Et de m'acheter un chien. Quand j'étais petit, je voulais
toujours avoir un chien. Ma mère disait non, non, ça salit,
les chiens, et puis il faut les nourrir, ces bêtes-là. Alors
maintenant, je vais m'en acheter un. Un gros, un jaune,
peut-être, ou bien alors tout noir.

Amandine ne dit rien. Au bout d'un moment :

— Mon grand-père avait horreur des chiens. Des gros,
tiens, qui aboient et qui montrent leurs dents. Je pense
qu'il n'aimerait pas ça, que tu emmènes un chien ici.

Gabriel s'approche, s'assied à la table en face d'elle. Voit
un champ baigné de lumière dans la vitre de ses yeux.

«Ça abîme les fleurs, les chiens, ça creuse des trous dans
la pelouse, ça déterre les légumes dans le potager.» Un
silence... «Et puis les chats sauvages de Camille...?»

Amandine se retourne vers Gabriel, sa bouche
ouverte sur un cri étouffé. Le visage affligé, elle se lève de
table d'un geste abrupt, vacille un moment, puis s'éloigne
rapidement de la fenêtre illuminée, cherche l'ombre du
fond de la pièce. Et là, d'un seul mouvement de son corps,
elle tourne son visage contre le mur. Gabriel se lève à son
tour, s'approche, tend une main pour lui toucher l'épaule.
Mais sans un bruit, elle s'esquive, se dirige à pas décidés
vers la porte qui mène au jardin. Gabriel la suit, se laisse
entraîner du côté de la petite clairière taillée dans l'herbe.

Au centre, il y le baril de rebuts que les incinérations de Gabriel, et de Léopold avant lui, ont laissé tout plein de cendres. Amandine s'approche du baril, elle prend dans sa main une poignée de cendres, les laisse couler entre ses doigts.

— Quand je l'ai trouvé en bas dans la cave, il était tout couvert de cendres. Sur la tête, sur les épaules de son chandail. Je n'ai jamais découvert ce qu'il a pu faire brûler ce soir-là.

Debout dans la nuit laiteuse de la clairière, elle continue à parler. Elle raconte à la lune et aux herbes folles comment elle avait trouvé Léopold cette nuit de février quand elle était rentrée du plus beau voyage de sa vie, quand son copain l'avait laissée à la porte pour qu'elle monte vite faire ses valises. Elle raconte et Gabriel écoute, les yeux rivés sur son visage.

— Il n'y avait personne dans la maison, ni dans la cuisine ni à l'étage. Je suis montée voir, ils auraient pu être couchés, grand-père et Camille. L'hiver, il faisait si froid qu'il fallait parfois se mettre au lit pour avoir un peu chaud. Mais la fournaise ne marchait même pas. Je pouvais entendre le vent hurler dans les tuyaux. Je tournais en rond dans la cuisine. Mon copain klaxonnait dans la rue et je n'avais pas encore mis la main sur une valise, ni choisi des vêtements, ni dit adieu au vieux et à la petite.

Une larme glisse maintenant le long de sa joue et Gabriel la voit. Ça reluit au clair de lune comme une goutte d'argent. Il lève une main pour l'essuyer. Amandine se laisse faire. Elle ne pense qu'à parler. Elle parle, il l'écoute, et une chape de lune se pose sur leurs têtes penchées.

— C'est là que je suis descendue pour déterrer la vieille valise de Léopold. Ma petite, celle que j'avais emmenée avec moi, n'était pas assez grande pour tout ce que je voulais emporter. Je l'avais cherchée dans les placards de l'étage, sous les lits aussi, sans pouvoir la trouver. Je suis descendue au cellier pour voir si elle y était. Il me semblait l'avoir vue un jour du côté de la chaudière, et c'est là que j'ai vu Léopold.

Amandine lève un regard épouvanté vers Gabriel, mais elle ne le voit pas, n'a d'yeux que pour son grand-père blotti dans la poisse de la cave, rigide, froid, catatonique, sa tête et ses mains couvertes de cendres. Et pour la première fois depuis que le vieux était venu vivre avec elle et sa soeur, au bout de tant d'années de patience et de compassion, elle s'était mise en rage contre lui.

— Je lui ai dit que je n'en pouvais plus de ses folies. Que je les laissais, lui et la petite. Qu'il faudrait bien qu'ils se débrouillent sans moi.

Elle avait tourné le dos à son grand-père ramassé en boule derrière la chaudière, elle était montée bourrer sa valise, à moitié aveuglée par les larmes qui lui mouillaient le visage, tremblante de colère et d'impuissance. Dans la rue le commis-voyageur attendait, jouait du klaxon, s'impatientait. Elle avait une main sur la poignée de la porte, allait franchir une dernière fois le seuil de sa maison, quand le froid de la cuisine lui avait glacé le souffle et scié les jambes. Elle avait su que Léopold mourrait si elle le laissait ainsi, qu'elle le tuerait aussi sûrement que si elle avait levé la main contre lui. Elle avait alors ouvert tout grand la porte de la maison, avait suivi des yeux la marche lente de la Pontiac verte qui remontait la rue. Il avait compris, le commis-voyageur; pas grave, se disait-il : elle avait attendu, elle attendra encore.

— J'ai mis la fournaise en marche et j'ai coulé un bain chaud pour Léopold. Puis je me suis mise à guetter le retour de Camille.

Quelque chose fulgure dans les yeux d'Amandine. Elle tourne la tête brusquement, se met à fouiller du regard les arbustes de la rive. Gabriel croit qu'elle a entendu quelque chose, des sons, des voix du passé. Il se rappelle avec une pointe d'angoisse que c'est à une folle qu'il a affaire, et il se prépare à la suivre là où elle ira. Elle repart de nouveau, pénètre dans le fouillis des arbustes du bord de la rivière, ne s'arrête que lorsque les branches des buissons se referment derrière elle comme des mains liées. Elle fouille des yeux l'enchevêtrement des broussailles, cherche la piste, le repère dont l'image s'est esquissé un moment à la surface de sa mémoire. Gabriel l'entend qui se parle tout bas, murmure :

— Un arbre, un chêne, elle avait taillé des yeux dans l'écorce, des yeux en amande, des yeux de chat.

Elle écarte les branches de grands mouvements de ses bras, elle cherche à se frayer un passage dans l'épaisse verdure, car elle croit avoir aperçu, plus haut sur la berge, le chêne nain de Camille. Il la suit toujours, songe que le paysage a sans doute changé depuis sept ans, et d'un coup d'oeil à la ronde se rend bien compte, même dans la lumière diffuse de la nuit d'été, que les chênes nains sur les bords de la Seine, ça pousse à profusion. Elle s'arrête devant un arbre, et puis un autre, lisse l'écorce de sa main pour trouver du bout des doigts les yeux de chat que l'enfant avait tracés avec la pointe de son canif. Mais, à la fin, c'est Gabriel qui les retrouve.

— C'est ici, lui dit-il. C'est celui-ci, l'arbre de Camille.

Elle s'approche de lui, lui jette un regard angoissé, et se met à genoux entre les racines de l'arbre comme si elle voulait prier. Puis lentement, elle se met à creuser, ses gestes doux et précis et pleins d'attentions. Elle repousse la terre, comme on déshabille une enfant, en la caressant, la révélant, en s'émerveillant devant la beauté de son jeune corps. Ce n'est pas une tombe qu'elle spolie, ce n'est pas un silence qu'elle profane, c'est le courant d'une eau, la bouffée d'une brise, capturés, mis en boîte, couvés comme une parole tendre par la terre. Camille allait parler, sa voix se ferait entendre de nouveau sur ce champ, Amandine allait retrouver dans le fond d'une boîte en fer-blanc le visage sauvageonne de sa soeur.

Elle se met debout, le petit coffret contre son coeur. Puis se retournant vers la maison, elle se met à marcher, lentement cette fois, mesurant ses pas à ceux de Gabriel.

— Elle n'est pas rentrée ce soir-là, ni les soirs d'après. Ta mère m'a dit qu'elle était passée à la maison. Avait demandé à te voir.

Me voir, se dit Gabriel. Elle est venue chez moi me voir. Il a le coeur tout à l'envers, serré, poigné de tendresse. Il se tourne vers Amandine, lui saisit le bras.

— J'étais parti depuis longtemps?

— Le jour même. Vous êtes partis, tout comme si vous vous étiez donné le mot, le même jour. C'était curieux... tout le monde a trouvé ça curieux.

— Elle avait trouvé Léopold dans la cave, elle cherchait de l'aide?

— Oui, sans doute. Quand elle a trouvé Léopold paralysé dans le noir, elle a dû m'appeler. Elle a crié mon nom, mais j'étais bien trop loin pour l'entendre. Elle est remontée à la cuisine, s'est habillée en vitesse, son manteau au col de lapin, ses bottes fourrées, puis elle a dû courir chercher de l'aide chez toi. Elle est allée te chercher, elle voulait que tu viennes sortir grand-père de son trou dans le cellier parce que moi j'étais partie et qu'elle ne pouvait pas le faire toute seule. Mais on lui a dit que tu n'y étais pas, et que personne ne savait quand tu reviendrais.

Amandine se tait un moment, et Gabriel se fige, se tient immobile sous la lune de Camille, et baisse la tête. Il sent qu'il y a un espace dans son coeur, qu'il y a là un vide que plus rien jamais ne saura combler. Il a du vent au fond du coeur, rien que du vent et des espaces vides.

— Alors Camille recule dans la neige, elle s'écarte de votre porte, elle recule, elle recule, ses bottes font des trous dans la neige, elle quitte votre jardin, elle regagne son champ, et descend sans penser vers la rivière. Vers le trou d'eau dans la glace...

Amandine a tourné son visage vers Gabriel et il voit dans la nuit blême ses prunelles froides où tout sombre et s'anéantit, la lune noyée dans le noir d'un étang. Mais lui branle la tête, debout dans le champ de la petite, il hoche rageusement de la tête, et il crie «non, non», tout son corps crie : non!

— Ce n'est pas vrai, elle ne s'est pas noyée, je l'ai vue, je l'ai vue, j'te dis : là devant moi comme je te vois, son petit visage souriant. Elle m'appelait, elle avait les yeux tournés vers le ciel, elle regardait voler ses oiseaux. Camille est ici, quelque part, ce n'est pas une enfant noyée que j'ai vue, pas une enfant morte, mais bien vivante, ses yeux encore sauvages, et elle m'appelait, elle me voulait.

Amandine l'écoute, immobile. Puis lourdement, elle se met à son tour à hocher de la tête. Reprenant sa marche lente vers la maison, la boîte en fer-blanc serrée entre ses bras, elle dit d'une voix morne :

— Camille s'est noyée, Gabriel. Elle est morte. Elle ne reviendra plus.

Il tente de la retenir. Une main sur son bras, il insiste pour qu'elle attende et qu'elle l'écoute.

— Non, je refuse de croire à l'accident. Elle s'y connaissait trop bien - l'eau, la rivière, le champ et ses périls comme

la paume de sa main. Et je suis convaincu, aussi, qu'elle
n'a pas perdu la tête. Elle ne se serait pas affolée comme
ça, de voir Léopold tout à l'envers, ce n'était sûrement
pas la première fois.
Amandine marche vers la maison.

— Même de te voir partie, ça aussi, elle avait connu, tu
étais partie souvent avant ce jour-là, et tu étais toujours
revenue, non? Elle aurait compris qu'il s'agissait seulement
d'attendre, que tu reviendrais bientôt, que tu saurais
t'occuper de Léopold comme tu l'avais fait si souvent par
le passé.
Amandine rentre dans la cuisine. Elle s'asseoit à la table
dans la lumière blafarde du plafonnier, elle pose sa main
sur le couvercle de la boîte de Camille puis, tout
doucement, elle l'ouvre.

— Ce n'est pas logique. Jamais, tu m'entends, jamais elle
n'est venue chez moi, seule, ou avec Léopold, pour
emprunter quoi que ce soit, ou nous dire tout simplement
bonjour. Ce n'était pas dans ses habitudes, elle se tenait
toujours à l'écart, tu te souviens bien, elle se sentait si mal
à l'aise parmi les autres, alors parmi mes frères, tu
t'imagines un peu.

Il voit qu'Amandine a retiré un crâne du fouillis de
petits objets, le crâne d'un chat, toutes ses dents intactes.
Elle le place sur la table à côté de la boîte, elle sort des
plumes et des coquilles d'oeuf de pigeon, elle trouve aussi
roulée sur elle-même la mue grise d'une couleuvre, la trace
de ses écailles impeccable sur la dépouille.

— Et de croire qu'elle aurait trouvé le courage de venir
jusqu'à ma porte, c'est absurde, c'est parler sans tenir
compte de la nature farouche de l'enfant.

Amandine trouve maintenant une patte de lièvre, et
une queue de raton-laveur. Elle les aligne sur la table,
dresse son inventaire.

— Et de suggérer qu'elle soit venue chez nous, dans l'intention précise de me voir, c'est de la folie. Elle n'a jamais su combien je l'aimais, je n'étais que le voisin pour elle, un grand du quartier qui se promenait parfois dans les parages, qui observait ses jeux, qui tout probablement l'importunait; je n'avais pour elle aucune sorte d'importance.

Il voit soudain, et il l'encaisse comme un coup au coeur, qu'Amandine vient de trouver parmi les feuilles parfaites d'un lointain automne, la photo de Gabriel, découpé d'un annuaire d'école, et déposé comme une icône sur un lit de duvet de pissenlit. Lui-même à seize ans, ses yeux noirs de Burdinal, son front clair de Chevalier.

— Et les pigeons? dit-il enfin.

Amandine le regarde, puis baisse les yeux.

— Partis, dit-elle. Tous envolés.

Amandine revient au mois d'août. À la fin de l'été, lorsque les jardins regorgent de fruit, et les guêpes se gavent de sucre. Gabriel trie des papiers à l'étage, des feuilles de manuscrit, une boîte pleine de cahiers et de carnets de pages qu'il a noircies au cours d'une année de nuits rue Seine. Sur le plancher à côté de son pied nu, un verre de gin transpire. Un bruit au rez-de-chaussée lui fait dresser l'oreille. Quelqu'un ouvre la porte arrière, pénètre dans la cuisine, attend un moment en silence. Gabriel ne bouge pas, lève les yeux des pages qu'il tient dans ses mains, écoute le bruit des pas d'Amandine sur les marches de l'escalier. Et se demande quel visage elle lui montrera.

C'est dans la chambre à coucher des filles que Gabriel range ses livres et ses papiers. C'est de cette chambre que les deux soeurs avaient écouté les rires ravis de Clothilde les nuits où leur père était rentré, de cette chambre aussi qu'Amandine était sortie trouver Léopold dans le salon froid des nuits d'hiver pour le reconduire en murmurant jusqu'au grand lit vide de ses peurs; de cette chambre qu'elles avaient écouté, Camille encore plus qu'Amandine, le roucoulement nerveux des oiseaux, le bruit de leurs pattes inquiètes sur les perchoirs, le vent de mars contre les carreaux des lucarnes du colombier. Amandine apparaît dans l'embrasure de la porte, ne regarde ni la chambre ni Gabriel, s'occupe à fouiller dans le sac qu'elle porte sur l'épaule. Elle lui tend une enveloppe blanche en disant :

— J'ai pensé que tu aimerais les avoir. En souvenir.

Il y a dans l'enveloppe deux photos de Camille, une de la petite en tresses et en rubans, vêtue d'une petite robe du dimanche. L'enfant a l'air malheureuse, engoncée dans le tissu étroit, mal à l'aise en rose, rigide et travestie.

— C'est mon père qui avait pris la photo, une des rares fois qu'il s'est montré la face. Il avait un nouvel appareil, voulait absolument qu'on se mette belles pour l'occasion. Camille n'a pas apprécié : tu vois son petit corps tout gauche et tout gêné. Mais regarde un peu ses yeux... C'est pour ça que je te la donne.

La petite contemple la caméra d'un oeil hautain et indomptable, sa mâchoire est nouée, sa bouche dure. Si le père inflexible avait essayé de la faire sourire, d'abord cajoleur, ensuite furieux, ça n'avait visiblement pas réussi. Camille a le regard du fauve qui goûte déjà au sang que feront jaillir ses griffes. Elle n'a jamais porté ce regard sur Gabriel; il ne le reconnaît pas, ça ne lui rappelle rien, il glisse la photo derrière l'autre. La deuxième, cependant, lui va tout droit au coeur : c'est Camille la sauvageonne, la robe déchirée sur ses jambes nues, les cheveux en broussaille, le visage et les mains barbouillés de terre, et sur ses épaules et sur sa tête, perchés sur ses bras et sur ses poignets, il y a six pigeons trépignants. La petite a les yeux fermés. On ne voit que son sourire enchanté et, dans les traits de sa figure, l'effort qu'elle fait pour ne pas effaroucher les plumes inquiètes. Gabriel se penche sur cette photo-ci, tente de saisir ce que, sûrement, elle essaie de lui communiquer, mais en vain. Elle ne lui parle pas, se tait, comme si l'enfant lui avait tourné le dos. Il sent monter en lui une curieuse impatience, une sorte de mépris pour ce jeu auquel il s'est laissé prendre. Car il est convaincu qu'il est inutile de s'en remettre ainsi aux souvenirs du passé, puisque Camille, comme lui et Amandine, habite quelque part dans le présent. Il suffit d'attendre qu'elle se manifeste... Il place les photos entre les pages blanches d'un cahier, se tourne vers Amandine, lui dit merci, qu'il les remettra à Camille lorsqu'elle reviendra.

«Gabriel... », elle commence, se reconnaît vaincue d'avance, abandonne. «Je les ai trouvées en emballant mes affaires. J'avais oublié que je les avais.»

— Tu pars en voyage?

— Je déménage. Le haut d'une maison, rue Langevin. J'ai trouvé une job dans la cuisine de l'hospice. Je commence la semaine prochaine.

— Tu pourras voir Léopold plus souvent.

— Tous les jours. Et l'emmener en promenade dehors. Dans la rue, sur le pont. Il me regarde maintenant. Il me reconnaît.

Gabriel sourit. Amandine aussi se regarde maintenant. Et elle se reconnaît.

Puis, elle lui parle d'un gars qu'elle a rencontré, un infirmier qui travaille au quatrième. Il est beau, qu'elle dit à Gabriel, il est beau dans son uniforme blanc. Elle le trouve pas mal de son goût.

— Il le sait pas encore, mais cet hiver, il va se découvrir un petit penchant pour les blues.

Elle lui fait un clin d'oeil, fait revoler ses cheveux d'un coup de main, puis tourne les talons. Gabriel hésite un moment, lève le bras pour la retenir, puis à la dernière minute, change d'avis. Il veut lui montrer quelque chose, mais il craint son sourire railleur. À la fin, la fierté l'emporte sur la peur et, au moment où Amandine quitte le palier pour descendre, il l'appelle, l'arrête, lui dit de monter voir. Lui indiquant d'un hochement de tête l'escalier étroit qui mène au grenier, il la suit sous les combles. Entre le travail et l'écriture, Gabriel a trouvé le temps de retaper le colombier de Léopold; il a remplacé les carreaux brisés, refixé les volets, débarrassé le plancher de feuilles, de vitre et de poussière, réparé et redressé les nichoirs et les perchoirs, rempli les abreuvoirs d'eau fraîche et les auges et les trémies de pois et de maïs. Et dans un coin du grenier, il a emmagasiné une bonne provision de sable. Amandine jette un coup d'oeil à la ronde, branle la tête, incrédule, tandis que Gabriel contemple son oeuvre avec satisfaction. Elle ne dit pas un mot, s'approche de lui et le serre doucement dans ses bras.

— N'oublie pas, qu'elle lui dit en partant, de fermer les volets la nuit. Sinon, tu risques de tout faire abîmer.

Gabriel ne répond pas; ne lui dit pas qu'il ne ferme jamais la lucarne. Au cas où une pigeonne égarée se verrait obligée de chercher l'abri une nuit sans lune.

* * * *

Fin de journée, fin d'août, lorsque les tiges du jardin ploient sous le fardeau des fruits et que partout règne l'odeur sucrée de la chair mûre et que la terre abreuvée de soleil gît, épuisée, Camille pieds nus dans la verdure lève la tête et regarde le ciel. Il lui semble clément, ce ciel de fin d'été, son bleu encore strident, son vent plein de parfums, et le moment lui semble propice, cette heure du soir où les oiseaux regagnent leur nid, et elle s'avance vers le clapier au fond de la cour, elle ouvre la cage et prend l'oiselle entre ses mains. Debout dans le potager des soeurs, elle sent contre ses paumes le frémissement des ailes de la pigeonne, elle voit l'oeil rouge qui guette le vide du ciel, puis levant les bras, ouvrant tout grand les mains, elle confie l'oiseau au vent.

Achevé d'imprimer
par les travailleurs de l'imprimerie
Printcrafters Inc.
de Winnipeg (Manitoba)
en septembre mil neuf cent quatre-vingt-dix-huit
pour le compte de
Les Éditions du Blé